平凡社新書
920

古典つまみ読み

古文の中の自由人たち

武田博幸
TAKEDA HIROYUKI

HEIBONSHA

古典つまみ読み　古文の中の自由人たち●目次

序

私は三十年余り大学受験予備校の講師を務めましたが、受験生に「古文を教える」のではなく、人生の酸《す》いも甘いも知った大人を相手に「古典のおもしろさを語る」ことができないものかとずっと考えていました。というのも、予備校で十八歳、十九歳の生徒に古文を教えているとき、この文章は、若者よりは人生を五十年、六十年生きてきた人こそ深く味わえるのではないかと思うことがしばしばあったのです。そんな文章について、単語や文法の説明に多くの時間を費やすのではなく、ただ「おもしろさ」に焦点を当てて話してみたい、そしてどんな反応が返ってくるかを確かめてみたいと思っていたのです。

六十五歳で予備校を退職すると、その機会が訪れました。「大人を相手に話したい」という思いを私が持っていることを知った方々の後押しがあって、地区コミュニティ協議会主催という形で「古典つまみ読み」と題した文学講座を開き、好きに話してよい場を設けて下さったのです。

私と同年くらいか少し上の方たち（三十名ほど）に向かって月に二回、日本の古典について話すことになって、数ある古典の名作の中から特に私が気に入った場面、魅力的な人物を取り上げることにしました。聴講者の方には回ごとに選ばれた文章を一つ一つ楽しみ味わっていただくように努めましたが、私自身は、選んだ文章のジャンル・時代・内容は違っても、ある一貫したテーマを設けていました。それが「古典の中の自由人」というテーマです。

私たちは「自由」という言葉を、西欧語に由来する意味、すなわち他からの束縛なく自らの精神の自律性・自発性のもとに行為するという意味合いでも、もともと古語としてもある、気随《きずい》気ままの意味でも使っているように思いますが、私が「自由人」と名付けた人たちはそのどちらか、もしくはどちらもの自由を存分に発揮した人たちと言っていいかと思います。第一回から順に読み進んでいかれると、信仰に生きた尼、自ら滅びゆく道を選んだ侍《さぶらい》、気ままな生活を楽しむ貴族など、さまざまの人物の生きる姿を見ることになりますが、いずれの人物にも伸びやかな精神の躍動があるのを見出していただけることでしょう。そうして、お仕舞いにたどりつくのが兼好法師（第十二回）、西行（第十三回）、良寛（最終回）です。この三人で締めくくられたところに、どういう意味の自由を私自身が求めていたかも、おのずから分かっていただけるのではないかと思っています。

ここで、どのようにして私が日本の古典を学ぶことになったのか、それからどういう経緯《いき》さつがあって予備校で古文を教えることになったかをお話ししておくこととします。

私は高校・大学の頃、芭蕉の『奥の細道』にひどく感心したくらいで、日本の古典にそれほど深い関心はなく、大学も文学部の国文科ではなく西洋哲学科に進みました（国文科に進むのは世界を狭くするようにも感じましたし、一度は西欧思想と対決してみるべきだという思いもありました）。西洋哲学の中でも、私は古代ギリシャ哲学を専攻する道を選びました。古典研究者であるとともに広く時事問題にも健筆を振るわれた田中美知太郎先生の歩まれた道を自分も歩んでみようと思ったのです。

大学院でギリシャ語が上達するにつれプラトンの作品がクリアーに読める喜びに打ち震え、取り組むべきテーマも見定まっていた時期もありましたが、次第に西欧人の思想がどうしても根本的なところで自分には分からないという思いが強くなってきました。何とか修士論文は書いて博士課程に進みはしましたが、もうこれ以上は西洋哲学研究はできないのではないかと行き詰まっていた頃、二十七、八歳だったでしょうか、『源氏物語』を読みました。文章がひどく難しくたいした量は読めませんでしたが、読み取れた範囲で感動が胸に広がりました。「これなら分かる、これならやれる」と私は思ったのです。明治時代以来、西欧の思想や文学に取り組みながらも、大きな壁で隔てられているような疎外感を覚え、結局「日本回帰」をした少なからぬ人たちがいますが、私もその一人であったということでしょうか。

私は指導教授に事情をお話しして、西洋哲学科に籍を置いたまま（籍があれば文学部の授業を何でも受講できるので）、国文科の今井源衛先生や中野三敏先生の講義や演習に出席するという、何とも中途半端な状況で二年ほどを過ごしました。国文学を学びつつ、あれこれ考えました。自分がほんとうにやりたいのは国文学ではなく、日本思想史なのではないか。とすれば、日本思想史学科がある東北大学の大学院に進むべきではないか。しかし、二十代も終わりになって今さらそんなことができるものか。お先真っ暗の悶々とした日々でした。

そういう中、まことにひょんなことから大学受験予備校に勤めることになりました。後輩のアルバイトのピンチヒッターを務め、ほんの一時のつもりが、そこで働くこととなり

（他に食べていく手立てもありませんでしたので）、思いもしなかった予備校講師という道が私の前に開かれたのです。

右に述べました通り、私は西洋哲学専攻ですから、まずは現代文の講師として採用されました（予備校の国語科は現代文・古文・漢文の三つに分かれていました）。五年ほどは現代文講師を務めましたが、自分から願い出て古文のほうに移らせてもらいました。移った理由はもちろん、教えていればもっと古文が読めるようになるだろうと自分本位に考えたのです。古文講師になった初めの一、二年は自分の実力の程が見透かされはしないかとひやひやでしたが、三年もすると、「先生は日本の古典で何が一番好きですか」と聞かれても、「そうだなあ、『建礼門院右京大夫集』かな」と答えるくらいの余裕も生まれてきました。それから三十年余り、多くの忘れ難い生徒に出会い、数多くの受験参考書を書くことにもなりました。単語集と文法書とそれぞれ今でもベストセラーとなっている本を出すことができ、予備校生に向かって年に一度は（いや一度ならず）自慢の種にしたものです。

大学・大学院と初めから国文科に行っておけば私の人生もかなり変わっていたのではないかと思うことがあります。もっとましな国文学研究者になれたかも知れないとも思います。このたび、良寛の漢詩を読んで、漢籍を読む力のなさを痛感しましたが、国文科に進んでいれば、漢文を読みこなす力もつけなければならなかったでしょうから、現在の非力を嘆くこともせずにすんだかも知れません。しかし、私はやはり二十代のほぼ五年間、プラトンの勉強に明け暮れたことを何ものにも代えがたい自分の財産だと思っています。

大学院では松永雄二教授のもと（松永先生は田中美知太郎先生の直弟子でした）、正確に原文を読むことを徹底的に鍛え上げられました。毎週、プラトンの「国家《ポリテイア》」の一、二ページを読む演習のために二十時間は予習しなければなりません。英語の注釈書《コンメンタリー》を読み、その中にはラテン語の注釈書からの引用もありますから、ラテン語も勉強せねばならず、フランス語の訳も参照する必要があり、大学時代、第二外国語がドイツ語であった私は新たにフランス語の勉強も、といったふうで、まるで語学の訓練学校に入ったような毎日でした。

松永先生は原文を恣意的に読むことを徹底して戒められました。プラトンが考え書いた通りに読み切ること、これがどれだけ難しいことか。私の読みが甘いと、まず学部生に尋ねられ、学部生が答えられないと、修士課程一年生に、次に二年生に、そして博士課程一年生にと質問が飛び、こう読むのが最も正しいであろうというところにたどりつくまで演習を続けられました。自分が考えていた読み方が「それでよい」と先生に認められたことは五年間に一度か二度であったでしょう（先生が「そう、それはいい」と深く頷かれたときは、天にも舞い上がる思いがしたことを今でもよく覚えています）。

古文を作者が考え書いた通りに読むこと、これは易しそうで、決して簡単にできることではないように思います。確かに現代人としての問題意識があってこそ古文が今までとは違って読めてくるということはありましょう。例えば、宮本武蔵の『五輪書』など、武術の素人には理解が及ばないところについて、武術を深く考察研究する運動科学者は、なるほどと思える読みを示してくれます。刀の柄《つか》の握り方、踏み込みの足の運び方などに深い関心があるからこそ、宮本武蔵がどういうことを言おうとしているのかがよく見えるのでしょう。しかし、一方で、現代人の意識に合うものを古文から拾い集めているという例がどんなに多いことか。己《おのれ》の思念・理想を語るために古い歴史・文学をもてあそんでいるようにしか見えないものがいくらもあるように私は思います。それでは、歴史や古典文学が現代を生きる私たちにとって「鑑《かがみ》」とは決してなり得ないでしょう。

ほんとうにそうできているかは分かりませんが、私は古文を忠実に読む姿勢を失うことなく、古文の作者たちが語るところに謙虚に耳を傾けたつもりです。現代を生き抜くための道標を求めて古文を読むというのが私の基本的な構えでした。私が読み取った作者たちの思いにいくぶんかでも共感し、何らかの生きる支えを見出していただけたら幸いに思います。

第一回　『宇治拾遺物語《うじしゅうい》』——尼とばくち打ち

1

最初の文章として『宇治拾遺物語』の一節を取り上げます。『宇治拾遺物語』は鎌倉時代初期に成立し、今日まで長く多くの人々に読み継がれてきた説話です。「舌切り雀《すずめ》（雀の恩返し）」「瘤《こぶ》取り爺さん」「わらしべ長者」などお馴染みの童話はこの説話に由来しますし、芥川龍之介は『鼻』『芋粥』『地獄変』などの名作をこの説話を題材として生み出しました（『今昔物語集』にも同じ話がありますが）。

今ここに紹介するのは「老尼《ろうに》」を主人公とする話です。「尼《あま》」といえばもちろん出家した女性であり、「出家」しているということは、この俗世に執着する気持ちを捨て、来世で自らが救われることを願っている人ということです。

その尼が、地蔵菩薩さまが毎日未明に尼の住む辺りを歩き回っておられるという噂を耳にします。地蔵菩薩とは地獄に落ちた人をも地獄まで訪ねていってお救い下さるという尊く有り難い仏さまです。尼は「地蔵見奉らん（地蔵菩薩さまにお会い申し上げたい）」との一念から、毎日未明には菩薩に出会えそうな所を歩き回ります。

そこで一人のばくち打ちが「こんなまだ寒い中、尼さんは何をしていらっしゃる」と声を掛けてきます（未明に外をうろついているというのは、仲間と徹夜でばくちをやって今帰っているところなのでしょうか）。尼は当然こう答えます、「地蔵菩薩さまが未明にお歩きなさっているということなので、お会いしたいと思って歩いているのです」と。ばくち打ちは言います、「地蔵がお歩きになる道を自分は知っているので、会わせて差し上げよう」と。尼は「何と嬉しいことか」と喜びの声を発し、「すぐにも地蔵さまのもとへ私を連れていって下さい」と乞い願います。ばくち打ちが「何か自分にくれるなら、すぐにも連れていってあげよう」と条件を出すと、尼は「自分の着ている着物を差し上げよう」と、相手の要望に応え（ご褒美として着物を上げるというのは古文の世界ではごく普通の振る舞いです）、尼はばくち打ちによって近くの家へ導かれます。

近くの家には「じぞう」という名の少年がいました。ばくち打ちがじぞう少年の親に

「じぞうは」と尋ねると、親は「遊びにいってるが、すぐに帰ってくるだろう」と答えます。その返事を受けて、ばくち打ちは「ここだよ。地蔵がいらっしゃるのは」と尼に言い、喜ぶ尼から紬《つむぎ》の着物をもらうと、そそくさとこの場を立ち去っていきます。誰でも分かる通り、ばくち打ちはまんまと尼をだまし、うまいこと得をした人間として描かれています。

この話のクライマックスはこれからの展開にあります。

少年の親は、尼がなぜうちの子に会いたくてならないようにしているのかまるで理解できませんが、尼は地蔵菩薩さまにお会いできるというこれ以上ない期待に胸を高鳴らせています。そこに十歳くらいの少年がやって来ます。親は帰ってきた息子に「おい、じぞう」と呼びかけますが、尼にはそれは「地蔵菩薩さまが来られましたぞ」と聞こえます。尼は地べたにひれ臥《ふ》し、無我夢中で少年に拝み入ります。その少年が手遊《てすさ》びに持っていた細い木の枝で額を掻《か》くと、少年の額から顔の上のほうまで裂けて、裂けた中から言葉では表しようもないすばらしい地蔵菩薩の顔が現れました。尼にはまざまざとそう見えたのです。尼は地蔵菩薩に本当にお会いできた無上の喜びに涙を流し、手を合わせて深々と拝み、そのまま往生したというのです。往生したとは極楽浄土へ行った（浄土に転生した）ということです。

2

説話には「ひとへに極楽を願ふ」お坊さまがよく登場します。極楽浄土は西方浄土とも言われ、この世の西方十万億土のかなたにあるとされるので、仏教では西方を特に尊びます。そこで「行住《ぎやうぢゆう》坐臥《ざぐわ》西方を後《うしろ》にせず」といった坊さまもおられました。大小便も西に向かってはせず、「西坂より山へ登る時は、身をそばだてて歩む」、つまり西の坂から山に登る時は、背を西に向けないように体を横にして登ったというのです（『宇治拾遺物語』巻第五の四）。そこまでして、昔の人は極楽往生を願い、必死に願いを叶えようとしたということですが、地蔵菩薩を求め歩き、出会った（と思えた）菩薩に導かれて往生したという右の尼の話をどう受け止められるでしょうか。

勝手な思い込みのままに死んだ尼の話かと考える方もおられましょうが、この話の作者は往生を遂げた尼について右のように語り終えると、最後に読者に向かって、「されば心にだにも深く念じつれば、仏も見え給ふなりけりと信ずべし（だから心に深く祈るというただそのことによって、仏も現れなさるのであると信じなさい）」という言葉を付け加えています。この言葉で作者が言おうとしていることは明らかでしょう。ただ待っていればいつか仏さまが向こうからあなたを救いに来られるわけではありませんよ、あなたが仏を信じ、仏に救いを願って一途に祈るその心があってこその往生なのです。仏を深く信ずる人にのみ仏は現れ、あなたをお救い下さるのですよ、と。

少年の額が割れて地蔵菩薩が現れるという怪異な現象が起こったのですよと、ある不思議な出来事（事実）について作者は報告しようとしているのではないのです。ばくち打ちにとってはもちろん、少年の親にとっても少年はただ「じぞう」という名の少年でしかなかったでしょう。しかし、尼にとってはじぞう少年はすなわち地蔵菩薩だったのです。尼にのみ地蔵菩薩は見えた、つまり現れたのです。地蔵菩薩を信ずる尼の心が地蔵菩薩を現わしめたということであり、それは、「信じること」（それはある種の思い込みかも知れませんがなければ菩薩は現れもしないし、救いもないということを意味しています。

「信じる」とは人間の心の働きの中でも特異なもののように思えます。「信じる」とは「考える」ということでも「感じる」ということでもないでしょう。神や仏を信じるといったたいそうなことではなく、人を信じるといった場合でも、百パーセント何もかも分かっているわけではないが、思いきってこれに賭けてみようといった意味合いが必ずあるように思えます。すべて調べてみることもできないので、「見る前に飛べ」とばかりに、大胆に時に無謀に身を投じていくというのが「信じる」ということの一つの特性のように思えます。

私はこれから古典の中に「自由の精神」が認められる人々を取り上げていこうと思っていますが、それら「自由人」たちには必ずや「信じる心」がうちに秘められているように思われます。何かを信じる心こそが彼らの自由な行為を成り立たせているように思えるのです。それ故に、地蔵菩薩を信じ、求め、出会い、往生を遂げた尼の話は、信じることの深い意味を最も純粋な形で表しているように考えられるのです。

私は時に空想することがあります。十八年余り共に過ごし、七年前に死んでしまったわが愛犬は、私が死んで三途の川を渡っていったときには、向こう岸で私を待ち迎えてくれるのではないかと。これを空想と言わず、そう信じていいような気もするのです。そう信じることで少なくともいくぶん安らかに私は死を迎えられるのではないでしょうか。死んだら何もないと考えるよりずっと望ましい死に方でしょう。

3

右の説話が投げかけている作者のメッセージは読み取ったとして、尼・地蔵菩薩・ばくち打ち・じぞうという名の少年・その親という登場人物で話を展開させた作者の胸の内（構想の契機）を想像してみたいと思います。

人物上の大きな対比は尼とばくち打ちにあります。ばくち打ちは現世で抜け目なく得をする人間であり、尼は現世ではだまされ、来世で救われる人間です。そして、誰もが気づくのが、ダジャレと言ってもいい、地蔵菩薩＝じぞう少年という設定ですが、なぜ作者は女の子でも若い女性でもなく、十歳くらいの少年（男の子）を登場人物に設定したのでしょうか。女の子に「じぞう」という名はあり得ないだろうから、それで男の子にしたということでしょうか。

私は平川祐弘氏の『小泉八雲とカミガミの世界』（文藝春秋社）を読んでいて、ふと右の疑問を解くヒントを得たように思いました。その本によれば、ラフカディオ・ハーンの『日本人の微笑』には京都の夜の思い出を記した一節があり、それは次のように描かれています。ハーンが見ていたらお地蔵さまの前へ十歳くらいの子どもがやってきて、小さな両手をあわせてちょっとの間黙ってお祈りをしたそうです。

その子は遊び仲間からたったいま別れてきたばかりらしい。はしゃいだ遊びの楽しさがその童顔にまだ光っていた。そしてその子の無心の微笑は石の地蔵様の微笑に不思議なくらい似ていた。私は一瞬その子とお地蔵さまと双子であるかと思った。

静かに微笑む石の地蔵様と、遊びの余韻を残して無心に微笑む少年とが「双子である」かに見えるということは、地蔵菩薩の像は少年の柔和な微笑を仏師が永遠の相で捉え、形にしたものだということではないでしょうか。

平川氏が引いておられる小倉泰氏の「お地蔵さんと子ども――ひとつの文化変容」（『比較文学研究』四十八号）によれば、赤い涎《よだれ》掛けをかけた子どものお地蔵さんはインド・中国・朝鮮にはなく、日本オリジナルの仏像だということです。古代インドに発する仏教故に、地蔵ももとはと言えばインドから伝承したようですが、多くの仏像が古代インドに原型を持つのに対して、地蔵菩薩（つまりわれわれがよく知るお地蔵さん）は、日本の無心で清らかな少年の顔をもとに作られたようなのです。

作者は平安時代末期から鎌倉時代初期にこの日本にたくさんあったであろうお地蔵さんがまさに無心で柔和な少年の顔をしていることをよく見、よく知っていて、今回の説話を構想したに違いないように私には思えます。

もし地蔵菩薩ではなく観音菩薩（観世音菩薩）を信仰する尼を主人公にしていた話であったら、少年ではなく、きっと若い女性が後半に登場したことでしょう。実際、観音さまがこの世に現れて人を助ける「越前敦賀の女（を）観音助け給ふ事」（巻第九の四）という話では観音は若い女性に化身して現れています。

こうして改めて本文を読み直しますと、少年の額が割れ、地蔵菩薩が現れたというのは、特にそのような奇跡が起こったというのではなく、尼は何の邪気もない少年の晴れやかな顔を見て、その清らかさに心打たれ、まさに地蔵菩薩そのものだと信じ、人をこの世の苦から救う菩薩のやさしく柔らかな微笑みに導かれるようにして、あの世に旅立ったのだという解釈もできそうです。

それでは、以下に原文を示すことにします（〔　〕の部分は読みやすくするために補充した語句です）。原文の下に、古語についての補足的説明を付けました。高校卒業以来、古文など読んだこともないという方もおられましょう（私の古典講座の聴講者の多くの方がそうです）。声に出して読んでみられるのもいいと思います。

今は昔、丹後国《たんごのくに》[1]に老尼《らうに》ありけり。地蔵菩薩《ぢざうぼさつ》は暁《あかつき》[2]ごとに歩《あり》き給ふといふ事をほのかに聞きて、暁ごとに地蔵見奉らん[3]とて、ひと世界[4]惑《まど》ひ歩くに、博打《ばくうち》[5]のうちほうけてゐたる[6]が見て、「尼君《あまぎみ》は寒きに何わざし[7]給ふぞ」と言へば、「地蔵菩薩の暁に歩き給ふなるに、あひ参らせんとて[8]、かく歩くなり」と言へば、「地蔵の歩かせ給ふ道は我こそ知りたれば、いざ給へ[9]、あはせ参らせん[10]」と言へば、「あはれ、うれしき事かな。地蔵の歩かせ給はん所へ我を率《ゐ》ておはせよ[11]」と言へば、「我に物を得させ給へ[12]。やがて[13]率《ゐ》て奉らん[14]」と言ひければ、「この着たる衣《きぬ》奉らん[15]」と言へば、「いざ給へ」とて隣なる所へ率て行く。

尼よろこびて急ぎ行くに、そこの子にぢざうといふ童《わらは》ありけるを、〔博打は〕それが親[16]を知りたりけるによりて、「ぢざうは」と問ひければ、親、「遊びに往《い》ぬ。今来《き》なん」と言へば、「くは、ここなり。ぢざうのおはします所は[17]」

---

1 丹後国　今の京都府北部
2 暁　未明
3 見奉らん　見申し上げよう。お会い申し上げたい
4 ひと世界　あたり一帯
5 博打　ばくち打ち
6 うちほうけてゐたる　ぼんやりしている
7 何わざ　何事
8 あひ参らせんとて　お会い申し上げたいと思って
9 いざ給へ　さあいらっしゃい
10 あはせ参らせん　会わせて差し上げよう
11 率ておはせよ　連れていって下さい
12 得させ給へ　お与え下さい
13 やがて　すぐに
14 率て奉らん　連れていって差し上げよう

と〔博打が〕言へば、尼、うれしくて紬《つむぎ》の衣を脱ぎて取らすれば、博打は急ぎて取りて往ぬ。

尼は「地蔵見参らせん」[18]とてゐたれば、親どもは心得ず、「など[19]この童を見んと思ふらん」と思ふほどに、十ばかりなる童の来たるを、「くは、ぢざう」と〔親が〕言へば、尼、見るままに是非も知らず[20]臥《ふ》し転《まろ》びて拝《をが》み入りて、土にうつぶしたり。童、楉《ずはえ》[21]を持て遊びけるままに来たりけるが、その楉して手すさび[22]のやうに額をかけば、額より顔の上まで裂けぬ。裂けたる中よりえもいはず[23]めでたき[24]地蔵の御顔見え給ふ。尼拝み入りてうち見上げたれば、かくて立ち給へれば、涙を流して拝み入り参らせて、[25]やがて極楽へ参りけり。

されば心にだにも深く念じ[26]つれば、仏も見え給ふなりけりと信ずべし。

（『宇治拾遺物語』巻第一の十六）

---

15 衣奉らん　着物を差し上げよう
16 それが親　それ（童）の親
17 おはします　いらっしゃる
18 見参らせん　「見奉らん」に同じ。お会い申し上げたい
19 など　なぜ
20 是非も知らず　無我夢中で
21 楉　木の細い若枝
22 手すさび　手遊び
23 えもいはず　言葉で表せないほどすばらしい
24 めでたき　すばらしい
25 拝み入り参らせて　深く拝み申し上げて
26 念じ　祈り

第二回　『平家物語』——主人の御供を拒む家来

1

二回目に取り上げるのは、平安末期の平家の栄華と滅亡を描いた軍記物語の『平家物語』です。十二巻、もしくは「灌頂巻」を付す十三巻本が広く読まれていますが、大雑把にその内訳を言いますと、巻六までは平家の台頭・繁栄から何とか平家が持ちこたえていた時代を描き、巻七以降は一気に滅びゆく平家の姿を描いていると言ってよかろうかと思います。壮絶な闘いに挑む戦士の姿から、妻子への綿々たる思いを最後まで捨て切れない貴人の姿まで、人の心を打つ実に数多くの名場面が名文で表現されている故に、長く読み継がれてきたわけですが、語り物として聴衆に話して聴かせる作品であった『平家物語』の文章は、古文としては読みやすく（難しい漢語も時に多用され、平易とはとても言えませんが）、まさに「国民文学」の名が冠されるにふさわしい古典です。

今ここに取り上げるのは巻十の「三日平氏」の一節です。巻の十ですから、平家はいよいよ衰運の一途をたどり、寿永二年（一一八三）には安徳帝を伴い、一門の多くは「都落ち」し、今年《こんねん》（寿永三年）二月には一ノ谷の戦いで源氏軍に敗れ、「西海の波の上に漂ふ」ような身の上にあります。

しかし、平家一門の中で「都落ち」しない者もいました。平清盛《たいらのきよもり》の弟で大納言の重職にあった平頼盛《よりもり》です。頼盛が都に留まったのは、都をわが手中にせんと襲い来る源氏軍と勇猛果敢に闘うためではありません。源氏の頭領　源頼朝《みなもとのよりとも》が頼盛だけは助けたいと救いの手を差し伸べてきていたからです。頼盛は鎌倉の頼朝のもとに身を寄せるために、一門と行を共にせず都に留まったのでした。

頼朝がなぜ頼盛だけを助け、いや、ただ助けるだけでなく、歓待しようと言い送ったのかは、有名な話なのでご存じの方も多いと思いますが、殺されるはずであった十三歳の頼朝が頼盛の母 池禅尼《いけのぜんに》の哀願によって助けられたその恩義に報いるためでした。

平治の乱（一一五九年）で敗死した源義朝《よしとも》の正嫡である頼朝は、捕らえられたとき、この時代の武士の掟に従い、平家方によって当然殺される運命にありました。それなのに、平清盛の継母である池禅尼が同情心の厚い人であったこと、池禅尼の亡き子家盛《いえもり》に頼朝が似ていたことなどから、度重なる嘆願を清盛にして、ついに死罪ではなく伊豆に流罪となりました。頼朝が池禅尼に深く感謝し、その子の頼盛にまで恩に報いようとするのは、頼朝が殺されなかったことがいかに例外的なことであったかということでしょう。

2

元暦《げんりやく》元年（一一八四年）五月、鎌倉への下向を決意した頼盛は「相伝専一《さうでんせんいち》の者（先祖代々仕えてきた第一の家来）」である弥平兵衛宗清《やへいびようえむねきよ》に鎌倉までお供することを求めます。しかし、宗清は頼盛の供をして鎌倉に下ろうとはしません。なぜ供をしないか詰問する頼盛に対して宗清はこう答えます。

「君こそかくてわたらせ給へども、御一家の君達《きんだち》の西海の波の上に漂はせ給ふ御事の心憂《う》くおぼえて、いまだ安堵しても存じ候はねば、心少し落《おと》しするゑて、追様《おつさま》に参り候ふべし（あなたさまは頼朝から手厚くもてなされることになっていらっしゃいますけれども、平家一門の公《きん》達《だち》が西海の波の上に漂っておられることが私にはつらく思われて、いまだ安堵できる気持ちにはなれませんので、心を今少し落ち着けて、あとから追うようにして参りましょう）」と。

「追様《おつさま》に参り候ふべし」とは、主人からの要請をあまりにつれなく拒む物言いを避けただけで、鎌倉へ向かう頼盛をあとから追っかけていこうという気持ちが宗清にあるわけではありません。瀬戸内海の波の下に沈みゆくかも知れないわが一門の面々のことを思えば、心は乱れ、主人である頼盛に付き従って、西海とは反対の方角である鎌倉へ向かう気にはとてもなれないと宗清は言うのです。

「侍《さぶらひ》（お仕えする者）」にそのように言われ、頼盛はさすがに自分のしようとしている行為を恥ずかしく感じ、一門と分かれて都に留まったことは「わが身ながらいみじとは思はず（自分ながら立派とは思わない）」と正直に認めます。認めつつも、しかし、頼盛は言うのです、「身も捨て難《がた》う命も惜し」と。

平清盛もその嫡子重盛もすでに亡く、重盛の弟である宗盛《むねもり》が平家を統率する中、内大臣であった宗盛の次の位にある大納言の言葉としてはまことに情けないものだと言えましょう。しかしながら、およそ立派だとは言い難い、このような弱々しくまたふがいない人間の一面をもありありと描いているのが『平家物語』の魅力の一つであろうかと思います。

今その名を挙げた宗盛も、見苦しいとも言うべき最後のさまがつぶさに描かれています。

壇ノ浦において、清盛の弟である教盛《のりもり》・経盛《つねもり》、また重盛の子である資盛《すけもり》・有盛《ありもり》らが重い鎧の上に碇《いかり》を背負ったり抱いたりして「手に手をとりくんで」海に身を投げ、決然と最期を遂げていく中、宗盛は海に入ろうとする様子も見せず、船ばたで辺りを見回し、ただ呆然としていました。平家の「侍ども」は、そのあまりに情けないさまを見て、船の中、宗盛の側を通るようにして「大臣殿を海へ突き入れ奉る」とあります（巻第十一「能登殿最期」）。

捕らえられた宗盛は源義経《よしつね》によって鎌倉へ連行されていきますが、その途中、助けられることなどあり得ない身でありながら、宗盛は義経に向かって次の言葉を発します。

「たとひ蝦夷《えぞ》が千島なりとも、かひなき命だにあらば（たとえ蝦夷の千島に流されようとも、このつまらない命でも命さえあったら）」（巻第十一「腰越」）

このようにあからさまに命乞いをするのも、一時であれ平家を率いた者の言葉としてはあまりに身も蓋もない情けないものと言えましょう。しかし、潔く死にゆくのも、最後の最後まで生に執着するのも、極限状況に身を置いた人間の現実の姿なのでした。

宗清に向かって語る大納言頼盛の言葉に戻りましょう。

「命が惜しいから、自分はなまじ都に留まってしまった。一門を離れてこうして都に残った以上は鎌倉へ下らないわけにもいかない。これからはるか鎌倉まで旅するのに、おまえは鎌倉までお供しないでよいものか。不承知なら、都に留まったときなぜそう言わなかったのか。大事小事何事もおまえにこれまで相談してきたではないか」

頼盛は宗清を長く信頼してきただけに、長く仕えてきた者としての務めを今回も果たすように求めるのです。

これに対し、居ずまいを正したうやうやしい態度で宗清がどう答えたかが一番の読みどころですが、「命が惜しいのだ」と言う頼盛に宗清はまず深い理解を示します。

「身分の高い者も低い者も、人として命くらい惜しいものがありましょうか、いや、ありはしません。ですから、都にお留まりになったことを悪いとは言いません。実に頼朝からして、本来助かるはずもなかった命を助けられたからこそ今日があるのです」と言い、頼朝と自分との浅からぬ因縁を宗清は語り、お供をして鎌倉に赴けば、自分も頼盛同様に命が保証され、頼朝に歓待を受けるであろう未来があることを述べます。

頼朝が伊豆に流罪となったときは、池禅尼の命令で近江（滋賀県）の篠原の宿《しゅく》まで頼朝を送っていったこともあると宗清は言いますが、『平治物語』下巻によれば、美濃（岐阜県）の青墓《あおはか》に隠れ潜んでいた頼朝を捕らえたのも宗清であり、生け捕りとなった頼朝をしばらく預かって世話をしたのも、そしてまた池禅尼に助命を願い出るようにとりはからったのも宗清なのですから、頼朝は宗清へ、おまえへの恩は「今に忘れず」と伝えてもいたのです。

鎌倉の頼朝は宗清を懐かしく思い、喜び迎えるであろう、ひいては新たに頼朝に仕える人生も開けるかも知れない、そんな未来が思い描けるにもかかわらず、宗清はこう言うのです。

「それにつけても心憂《う》かるべう候ふ。西国《さいごく》にわたらせ給ふ君達《きんだち》、もしは侍《さぶらひ》どもの返り聞かんこと、かへすがへす恥づかしう候へば、まげて今度ばかりはまかりとどまるべう候ふ（それにつけても私としては辛うございます。西国におられる公達《きんだち》がたや侍どもが私たちのしたことを後で伝え聞くことを思うと、かえすがえすも恥ずかしゅうございますので、何としても今度ばかりは都に留まるつもりです）」と。

西海の波の上に漂っていて、いつ滅びゆくとも知れないわが平家一門の人たちが、頼盛・宗清主従は命が惜しいがために敵の頼朝のもとに身を寄せたと聞いたらどう思うか。当然、裏切り者と思うでしょう。宗清はそれが耐えがたいと言うのです。それはただ平家の身内での体面を慮ったということでは決してないように私には思えます。平家は繁栄を誇り、今は家運傾き滅亡の寸前にあるが、生死を共にしてきた一門の人々の中に互いにあった「信」を自分は壊したくないという一念ではないかと私は思います。自分は「信」を守った中で生を終えたいと宗清は言っているのだと思います。

宗清は新たな生が始まるかも知れない道を拒否し、滅びの道をたどるだろう一門と運命を共にする道を選ぶのですが、人が運命を自ら選ぶとき、その人は自由な精神を持つ自由人と言っていいのではないでしょうか。

平頼盛という一主人への忠誠より平家一門への忠誠を貫くことにした宗清は頼盛に向かって、「あなたはあなたの道を選んで鎌倉に行ったらいい」と主従の決別を告げ、「敵《かたき》をも攻めに御下り候はば、一陣にこそ候ふべけれども（敵を攻略に鎌倉に下られますならば、先陣を務めましょうが）」と言うしかありませんでした。

「心ある侍《さぶらひ》」は宗清の言葉を聞いてみな涙を流したとありますが、必ずや悲劇的運命が待ち構えていると予想される中、最後まで平家一門の一人としてありたいという宗清の思いは、宗清と行動を共にできるかどうかはともかく、一門への思いを抱く者たちの心に深く響いたことと思われます。

頼盛は宗清にお供されることもなく、鎌倉に出立します。今回取り上げた本文はここで終わりますが、頼朝がどのように頼盛を迎えたかというと、鎌倉へ下り着いた頼盛に向かってまず「宗清は御供して候ふか」と尋ねたということです。「折節労《いたは》る事候ひて、下り候はず（ちょうど病気中でございまして、宗清は下向いたしません）」と答えた頼盛に、頼朝は「いかに、何を労り候ひけるやらん。意趣を存じ候ふにこそ（どうして、何の病気なのであろう。意地を立ててのことであるにちがいない）」と言ったとあります。頼朝は、宗清が病気などではなく、平家一門に殉じる、そんな男だと分かっていたようです（かつての恩に報いようと、宗清に所領他、さまざまの贈り物まで用意していた頼朝は、自分を頼って鎌倉へ下ってこなかった宗清を恨めしくも思ったのですが）。

頼朝は頼盛への約束を守りました。頼盛は大納言に復し、荘園・私領もすべて元通りに与えられたということですが、兄弟たち、甥たち、甥の子たち、また彼らに仕えた者たちなど、一族の皆々が闘いで討ち死にし、海に身を投げ、処刑され、源氏の世となった都で、どのような思いで生きたのでしょうか。

宗清は、この後、讃岐（香川県）の屋島に向かい、平家の一門に身を投じたとも言われますが、一般に読まれている『平家物語』においては、この場面の後、「宗清」の名が登場することはありません。

それでは、本文を次に掲げます。丁重《ていちょう》な言葉遣いながらきっぱりと心中の思いを吐露する平宗清の言葉を深く受け止めていただけたらと思います。

弥平兵衛宗清《やへいびやうゑむねきよ》といふ侍《さぶらひ》あり。相伝専一《さうでんせんいち》の者なりけるが、〔頼盛に〕相具《あひぐ》しても〔鎌倉に〕下らず。「いかに」と〔頼盛が〕問ひ給へば、「今度の御供《おんとも》はつかまつらじ[1]と存じ候ふ。そのゆゑは、君こそかくてわたらせ給へども[2]、御一家の君《きん》達《だち》[3]の西海の波の上に漂はせ給ふ御事の心憂くおぼえて、いまだ安堵しても存じ候はねば、心少し落《おと》しすゑて、追様《おつさま》に参り候ふべし」とぞ〔宗清は〕申しける。

大納言にがにがしう恥づかしう思ひ給ひて、「一門を引き分かれて〔都に〕残りとどまつたることは、わが身ながらいみじとは思はねども、さすが身も捨て難う命も惜しければ、なまじひにとどまりにき。その上はまた[4]〔鎌倉に〕

1　つかまつらじ　いたしますまい

2　かくてわたらせ給へども　このようでいらっしゃるが。頼盛が頼朝から厚遇を受けることになっていることを言っている

3　御一家の君達　平家一門の公《きん》達《だち》（上流貴族の子息たち）

4　その上は　一門から離れて都に残った以上は

5　いかでか見送らであるべき　どうして見送らないでよいものか

下らざるべきにもあらず。〔鎌倉へ〕はるかの旅に赴くに、〔汝《なんじ》は〕いかでか見送らであるべき。[5]〔鎌倉に赴くことを〕うけず思はば、[6]〔都に〕落ちとどまつし時は〔汝は〕など[7]さはいはざつしぞ。[8]大小事一向[9]汝にこそ言ひ合はせしか[10]」とのたまへば、宗清ゐなほりかしこまつて[11]申しけるは、「高きも卑しきも、人の身に命ばかり惜しきものや候ふ。[12]また世をば捨つれども、身をば捨てずと申し候ふめり。〔君の〕御とどまりを悪《あ》しと〔言ふ〕には候はず。兵衛佐《ひやうゑのすけ》[13]もかひなき命を助けられ参らせて候へばこそ、今日はかかる幸《さいはひ》[14]にもあひ候へ。〔兵衛佐が〕流罪《るざい》せられ候ひし時は、故尼御《こあまご》前《ぜん》[15]の仰せにて、〔私は兵衛佐を〕近江の国篠原《しのはら》[16]の宿《しゆく》までうち送つて候ひき。〔兵衛佐から〕『そのことなんど、今に忘れず』と承り候へば、定めて[17]御供に〔鎌倉に〕まかり下りて候はば、引出物《ひきでもの》、饗応なんども〔兵衛佐は私に〕し候はんずらん。[18]それにつけても心憂かるべう候ふ。西国にわた

---

6 うけず思はば　認めないと思うのならば

7 など　なぜ

8 いはざつしぞ　「いはざりしぞ（言わなかったのか）」

9 一向　すべて

10 言ひ合はせしか　相談してきた

11 ゐなほりかしこまつて　居ずまいを正し、うやうやしく改まって

12 命ばかり惜しきものや候ふ　命ほど惜しいものがありますか、いや、ありません

13 兵衛佐　源頼朝。伊豆に流される以前は右兵衛権佐《うひょうえのごんのすけ》だった

14 かかる幸　このような（頼朝にとっての）幸い。今や源氏が平家を滅ぼそうとしている

らせ給ふ君達《きんだち》、もしは侍どもの返り聞かんこと、[19]かへすがへす恥づかしう候へば、まげて今度ばかりはまかりとどまるべう候ふ。[20]君〔都に〕落ちとどまらせ給ひて、かくてわたらせ給ふほどでは、[21]などか〔鎌倉に〕御下りなうても候ふべき。[22]〔鎌倉へ〕はるかの旅に赴かせ給ふことは、まことにおぼつかなう思ひ参らせ候へども、[23]敵《かたき》をも攻めに御下り候はば、一陣にこそ候ふべけれども、[24]これは[25]参らずとも、さらに御事欠け候ふまじ。[26]兵衛佐尋ね申され候はば、[27]『相《あひ》労《いたは》る[28]ことあつて』と〔兵衛佐に〕仰せ候ふべし[29]」と申しければ、心ある侍どもはこれを聞いて、皆涙をぞ流しける。
大納言もさすが恥づかしうは思はれけれども、さればとて[30]とどまるべきにもあらねば、やがて[31]〔鎌倉に向けて〕立ち給ひぬ。

（『平家物語』巻第十「三日平氏」）

こと
15 故尼御前　今は亡き池禅尼
16 篠原　近江国（滋賀県）にある宿駅
17 定めて　きっと
18 引出物、饗応なんどもし候はんずらん　贈り物、饗応などもしてくれるでしょう
19 返り聞かんこと　後で伝え聞くようなこと
20 まかりとどまるべう候ふ　鎌倉に行かずここに留まるつもりです
21 かくてわたらせ給ふほどでは　こうして都に残っておられる以上は
22 などか御下りなうても候ふべき　どうして鎌倉に下向なさらなくてよいでしょうか、いや、鎌倉へ下向なさるべきで

す
23 おぼつかなう思ひ参らせ候へども　気がかりに思い申し上げますけれども
24 一陣にこそ候ふべけれども　先陣を務めますが

---

25 これは　今回は
26 さらに御事欠け候ふまじ　少しもご不自由はないでしょう
27 兵衛佐尋ね申され候はば　兵衛佐（頼朝）が私のことをお尋ね申し上げなさいましたら

---

28 相労る　病気である
29 仰せ候ふべし　おっしゃって下さい
30 さればとて　だからといって
31 やがて　そのまますぐに

第三回　『枕草子』――恋する貴公子

『枕草子』というと、第一段の「春はあけぼの。やうやう白くなりゆく山ぎは、すこしあかりて、紫だちたる雲の、細くたなびきたる。夏は夜。月のころはさらなり。闇もなほ。螢《ほたる》のおほく飛びちがひたる、またただ一つ二つなど、ほのかにうち光りて行くもをかし」といった冒頭の一節を覚えておられるかたも多いことでしょう。また、作者清少納言は中宮定子（一条天皇の后）にこの上ない敬愛・讃仰の念をもって仕えた女房で、中宮を中心とした上流貴族の人たちの会話や様子を実に魅力的に描きました（時に自分の機知が認められた得意げな気持ちも交えて）から、高校生の頃、古文の授業で習った一場面が今でも心に思い浮かぶかたもおられるのではないでしょうか。

今ここに取り上げるのは、自然随想でも中宮礼讃でもなく、ある若い男性貴族の私生活、それも限られたある時間帯の様子をつぶさに描写した文章です。清少納言は当の男性に気づかれることなく、その男性の振る舞いを近くの部屋から「垣間見《かいまみ》」していたかのように描いています。

男性は「好《す》き好《ず》きしくて、人《ひと》、数《かず》見る人」と最初にあります。好き人、つまり色好みの男で、何人もの女性と関係を持っている男だというのです。これは平安時代の上流の若い貴族について述べた言葉としては、殊の外好色に走る特異な人物を言ったものではなく、ごく普通の男のあり方を言ったものと言っていいでしょう（色好みの熱意において当然個人差はあったでしょうが）。

この男が上流貴族の「君達《きんだち》（貴公子）」であることは、側に「小舎人童《こどねりわらは》」や「随身《ずいじん》」が仕えていることからも分かります。新潮日本古典集成『枕草子』の頭注に拠《よ》れば、近衛の中将（四位）もしくは少将（五位）といった男が予想されるとあります。

ここで一言『枕草子』の注釈書に触れておきましょう。有名古典にはそれぞれ幾多の注釈本があります。私もあれこれ参照して読んでいますが、こと『枕草子』となると、萩谷《はぎたに》朴《ぼく》氏校注の「新潮日本古典集成」以外、ほとんど読む気になれません。断然その解釈がすばらしいからです。実によく納得できる本文と解釈が示されています。今回三十数年ぶりに百ページ近くある解説も読み直してみましたが、このおもしろいこと、おもしろいこと。ここまで徹底して『枕草子』を読み抜いた学者先生へ敬意の念を新たにしました。これから私の述べることも、それに多々支えられていることを先に申し添えておきます。

男は、「夜はいづくにかありつらむ（夜はどの女性のもとにいたのであろうか）」とありますので、数ある恋人の一人と先ほどまで夜を共にしていたようですが、「暁《あかつき》（未明）」には自邸に帰ってきて、今そのまま起きています。一晩女性と話し明かしていたかも知れず、男は眠たそうな様子ではありますが、硯《すずり》を取り寄せ、墨を丁寧にすりおろして、事も無げに筆まかせにというふうではなく、「心とどめて（念入りに）」手紙を書く様子です。男が書くこの手紙が「後朝《きぬぎぬ》の文《ふみ》」です。男女の逢瀬の後、自らの愛情を女に示すためには、暁に帰宅するや男は「後朝の文」を書かねばなりませんでした。

男と女とのなれそめをこの時代の常識に沿って想像すると、男は宮中に仕える女房に、またはある貴人の娘にいい女がいると「音に聞く（噂に聞く）」、もしくはたまたま偶然に女を「垣間見る」機会があって、せっせと恋文を送り、いつしか通っていってもよいと判断できる返事（表向きはつっぱねているようでも決して拒絶してはいないと思える返事）をもらい、夜、人目を忍んで通うようになったというところでしょうか。

自邸に帰った気安さから、衣服をはだけくつろいだ姿（「まひろげ姿」）で、女を想い一心に手紙を書く男の様子は「をかしう見ゆ（素敵なものに見えた）」と清少納言は述べています。

男の衣服ですが、平安時代の貴族は女性だけでなく、男性も何枚も重ね着します。平常服としては一番上に直衣《のうし》を着て、その下に打衣《うちぎぬ》、その下に衣《きぬ》または衵《あこめ》、その下に単衣《ひとえ》を着ます。男の直衣は山吹（表は朽葉色《くちばいろ》〔赤みがかった黄色〕、裏は黄色）、打衣は紅《くれない》とありますから、なかなか華やかな装いです。男はすっかり皺の寄っている自分の白い単衣をじっと見つめつつ、女に贈る「後朝の歌」を思案しているふうです。萩谷朴氏の頭注に拠れば、男の単衣に皺が寄っているのは、暁の女との別れに、女の涙に濡れたか、男自身が涙を拭って濡れたかということであろうし、そんな濡れしおれた単衣を見つめながら男が詠んだ歌は次のようなものであったろうと推測されています。

秋の野の草葉も分けぬわが袖の露けくのみもなりまさるかな（『拾遺集』恋三）

口語訳すれば、「秋の野の草葉を分けて帰ってきたのでもない、つまり夜露に濡れたわけでもない私の袖がこんなにしっとり濡れているのは、あなたを思慕する涙があふれてのことなのですよ」といったところです。

そんな歌が詠まれた手紙を書き終えると、男は側近くに仕える女房にはそれを手渡さず、わざわざ立ち上がって、忠実に務めを果たし私的な秘密も守ってくれる小舎人童や随身といった供の者を呼び寄せます。小声でささやくように言い含めて手紙を渡します。男がささやいたのはもちろん、「この手紙をどこどこの女のもとに急いで届けよ。そして返事ももらって来るように」ということでしょう。

男は使いの者が立ち去った後も長いこと物思いにふけるふうでしたが（自分の詠んだ歌は女の心をとらえうるか、果たしてどんな返事がもたらされるかといったことでも考えていたのでしょう）、ただぼんやりしているのもつまらなくなったのか、気に入ったお経の文句をひそやかに口に任せて唱えたりしています（経を読むのはこの時代の男の教養の一つといったもので、漢詩文を口ずさむのとそう変わりありません）。そうしていると、部屋の奥のほうから「御粥《おかゆ》・手水《てうづ》（朝粥・洗面）」の支度ができたのでそうするようにと促す声が男にかかります。男は侍女にそう言われて、奥の間に歩み入りはしますが、すぐに洗面をするでも朝がゆを食べるでもなく、ゆっくり文机に寄りかかって漢詩文の書物でも覗き見るふうです。おもしろい一節を見つけると声高に朗詠したりするのを見ると、思い詰めたふうもなく、女への思いはそれほど真剣なものでもなさそうに見えます。そんなのどやかな男の様子がまた「いとをかし」と、清少納言の評言ものどかなものです。

直衣《のうし》・打衣《うちぎぬ》・衣《きぬ》を一旦脱いで洗面を終えると、男は直衣だけを引っかけるようにまた着て、朝の勤行《ごんぎょう》の読経をします。法華経の六の巻を暗誦するのです。「まことに尊き」行いだと思えるそのとき、先ほどの使いの者が帰ってきて、ご用命を果たしてきたことを男の部屋の外から咳払いなどして知らせます。女の居所は比較的近い所だったのでしょう、使いの者は女からの返事も持参していました。男はさっと「尊き」読経をやめ、女からの返事に心移しします。そんな男の振る舞いを「罪得《う》らむとをかし」と清少納言は評しています。「罪得《う》」とは「仏罰をこうむる」、くだいて言うと、「仏さまの罰《ばち》が当たる」ということです。尊くも有り難い法華経の経典を唱えていながら、恋する女から返事が来たとなると、すぐさまそちらに心を移すとは「この罰当たり者が！」というのです。しかし、それももちろん本気で言っているのではありません。「罪得らむとをかし」、つまり、「こんな男は罰が当たるのではなかろうかと（思われるが、それも）おもしろい」と、清少納言はにんまり微笑んでこの男を見ているのです。

これだけの文章です。「好き者」である若い貴公子の早朝の様子を描いたたわいない文章とも言えましょう。しかし、私はこの文章にとても心地よい魅力を感じます。それは一言で言えば、伸びやかな自由さが文章全体に漂っているからです。

主人公の男がいかにも自由で伸びやかであると思えるのは、まずこの男が人間の生活の基本である衣食住において満たされていることにあるでしょう。男は上流貴族の華やかな衣装に包まれています。男の住む部屋は寝殿造りの邸宅の一室でしょう。側近くには女房が仕えて身の回りの世話をし、小舎人童、随身といった信頼できる供の者もいます。食事も侍女がその時間になればいつも用意をしてくれているようです。生活に気詰まり感が少しもありません。

しかし、生活面においてまことに恵まれた若い貴族の生活を清少納言が描いただけなら、私たちはそこに自由な伸びやかさを感じることはないでしょう。この文章を読んだ私たちをも伸びやかな心にしてくれるのは、この若い貴族の自由な振る舞いです。

朝帰りした男は眠たい眼をこすりこすり一心に思いをこめて、いい歌を詠み、女の心をつかむ手紙を書こうとしています。手紙を持たせた使いの者を送り出すと、気晴らしに経の一節を口ずさみ、漢詩文の書物を覗いて気に入った箇所があれば一人で朗詠したりもします。いかにも気随気ままな様子です。われわれが日常生活で感じる自由感というものがここには実によく描かれているように私には思えます。「色好み」という若き平安貴族の自由人がここには描かれているのです。経典の功徳よりも現世の女菩薩《にょぼさつ》をありがたがるのも、ある意味、自由感の躍動と言ってもいいのではないでしょうか。

最後に、平安時代の男女が結婚・離婚・再婚に関してすこぶる自由な考え方を持っていたことを付け加えておきましょう（これも萩谷朴氏からの受け売りです）。

今のように婚姻届けといったものがあったわけではありませんので、男がある女の所に通い続ければ、結婚が成立したように見なされ、そのうち通っていかなくなれば、結婚は解消、すなわち離婚となります。男性はもちろん、女性も人生に「結婚」が一度ならずあることは少しも珍しいことではなく、清少納言や紫式部といった中・下流貴族の娘だと、初婚は十五、六歳の頃、上流貴族の君達（貴公子）と結ばれ、数年もして結婚解消となれば、二十代半ば頃までには経済力のある中年の受領《ずりよう》（国司）と再婚するのが一つのパターンであったということです。

恋は、失恋・悲恋となって深く心が傷つけられることにもなり、また結婚という束縛をもたらすことにもなったりするのですが、新たな恋に自由の可能性を夢見るのはいつの時代も変わらないと言えましょうか。

それでは、清少納言が伸びやかな心で「好き者」の貴公子を描いた文章をゆっくり味わって下さい。

好《す》き好《ず》きしくて[1]、人《ひと》、数《かず》見る人の、夜はいづくにかありつらむ、暁《あかつき》に帰りて、やがて[2]起きたる、ねぶたげなる気《け》色《しき》[3]なれど、硯《すずり》取り寄せて、墨こまやかに[4]おし磨《す》りて、ことなしびに[5]筆にまかせてなどはあらず、心とどめて〔文《ふみ》を〕書く、まひろげ姿もをかしう見ゆ。

白き衣《きぬ》どもの上に、山吹、紅《くれなゐ》[6]などぞ着たる。白き単衣《ひとへ》のいたうしぼみたる[7]をうちまもりつつ[8]、書きはてて、前なる人[9]にもとらせず、わざと立ちて[10]、小舎人童《こどねりわらは》[11]、つきづきし

1 好き好きしくて　色好みで
2 やがて　そのまま
3 気色　様子
4 こまやかに　心をこめて。丁寧に
5 ことなしびに　事も無げに
6 山吹、紅　山吹は直衣《のうし》の色、紅は打衣《うちぎぬ》の色と考えられる
7 しぼみたる　しおれて皺が寄っている

き[12]随身《ずいじん》[13]など近う呼び寄せて、ささめき[14]とらせて、去《い》ぬるのちも久しうながめて、[15]経《きやう》などのさるべきところどころ、[16]忍びやかに口ずさび[17]に読みゐたるに、奥のかたに御粥《かゆ》、手水《てうづ》などしてそそのかせば、[18]〔奥の間に〕あゆみ入りても、文《ふ》机《づくゑ》におしかかりて書《ふみ》[19]などをぞ見る。おもしろかりけるところは、高ううち誦《ず》したるも、[20]いとをかし。

手洗ひて、直衣《なほし》ばかりうち着て、〔法華経の〕六の巻そらに[21]読む、まことに尊《たふと》きほどに、近き所なるべし、ありつる使《つかひ》[22]うちけしきばめば、[23]ふと[24]読みさして、返りごと[25]に心移すこそ、罪得《う》らむとをかしけれ。[26]

（新潮日本古典集成『枕草子』第百八十一段）

8　うちまもり　じっと見つめ
9　前なる人　側近く仕える女房
10　わざと　わざわざ
11　小舎人童　近衛の中将・少将の召し使う少年
12　つきづきしき　（使いをするに）ふさわしい
13　随身　警護のため貴人のお供をする人
14　ささめき　小声でささやき
15　ながめて　物思いにふけって
16　さるべきところ　しかるべき適当な箇所
17　口ずさび　詩歌（ここではお経）を心に浮かぶままに吟じること
18　そそのかせば　（侍女が）促すので
19　書　漢詩文の書物
20　うち誦したる　朗詠している

21そらに　暗記して
22ありつる使　さきほどの使いの者（小舎人童または随身）
23うちけしきばめば　咳払いなどして合図するので
24ふと　さっと。すばやく
25返りごと　女からの返事
26をかしけれ　係助詞「こそ」の結びで、「をかし」が已然形の「をかしけれ」になっている

第四回　『源氏物語』──生彩を放つ少女

1

江戸中期の国学者本居宣長は『源氏物語』の注釈書『源氏物語玉《たま》の小櫛《おぐし》』において、「この物語（源氏物語）は、ことにすぐれてめでたきものにして、大かた先にも後にもたぐひなし」と断言した上で、「ただこの物語ぞことなくて、ことに深く、よろづに心を入れて書けるものにして、すべての文詞《ふみことば》のめでたきことはさらにもいはず、世に経《ふ》る人のたたずまひ、春夏秋冬をりをりの空のけしき、木草のありさまなどまで、すべて書きざまめでたき中にも、男女、その人々の、けはひ心ばせを、おのおのことことに書き分けて、ほめたるさまなども、みなその人その人の、けはひ心ばへにしたがひて一《ひと》やうならず。よく分かれて、うつつの人にあひ見るごとくおしはからるる」と述べています。

一個の文学作品に対する評価としてはこれ以上はないと思える讃辞です。今回、『源氏物語』の七番目の巻「紅葉賀《もみじのが》」の一場面を取り上げるに際し、私はこの場面に至る流れを追うために「桐壺」「若紫」「紅葉賀」と百数十ページを読み直してみましたが、一ページ一ページ読み進めるごとに、いかに「よろづに心を入れて書けるもの」か、身にしみて感じました。こんな感嘆の思いを抱かせ続ける作品はやはり『源氏物語』しかありません。文字通り『源氏物語』は日本文学の最高峰であり、格別の作品なのです。「序」に述べましたように、私個人にとっても『源氏物語』は「格別の作品」であり、石田穣二・清水好子氏校注の「新潮日本古典集成」の『源氏物語』を折々に開き、玉上琢彌氏の『源氏物語評釈』（全十二巻・別巻二）の注釈から多くを学んできました。

光源氏の自邸で暮らす「紫の上」を描いているのが今回の文章ですが、光源氏の娘でもない女の子がどうして今、光源氏と一緒に暮らしているのか、そこに至った経緯を語らないわけにはいきません（ご存じの方も多いとは思いますが）。

光源氏は桐壺帝の子として生まれましたが、母「桐壺の更衣」は源氏が三歳のときに亡くなりました。更衣を殊の外寵愛しておられた桐壺帝は、亡き更衣をお忘れになることがなく、更衣に似た人を求めます。そこで見つかったのが「先帝《せんだい》の四《し》の宮」すなわち「藤壺の宮」です。彼女は女御《にようご》として入内《じゆだい》します。三歳で母を亡くした源氏は、母の記憶は何もありませんでしたが、内裏に長く仕える女房から「藤壺の宮さまはあなたさまの亡きお母上にとてもよく似ておられます」と聞いて、藤壺の宮に心引かれるようになります。亡き母に似た人を慕う七歳の少年の気持ちは、十二歳で元服した後には、理想の女人《によにん》として恋い慕う苦しいまでの恋心に変わってゆきました。

そんな激しい恋心を密かに胸に燃やし続けている十八歳の源氏の前に、まだ十歳の紫の上が現れます（「若紫」の巻）。その初登場の仕方は実に鮮やかで、誰しもが一度読んだら忘れられない『源氏物語』の一場面と言えましょう。

瘧病《わらわやみ》（発熱する病気）をわずらった源氏は加持祈禱を受けに京の北山に赴きますが、ある僧都《そうず》の庵室で祖母と暮らす美しい少女を垣間見《かいまみ》るのです。その垣間見られた少女は次のように描かれます。

中に十《とを》ばかりにやあらむと見えて、白き衣《きぬ》、山吹などのなれたる（着なれたのを）着て、走り来たる女子《をんなご》、あまた見えつる子どもに似るべうもあらず、いみじうおひさき見えて（将来の美しさが予見できて）、うつくしげなる容貌《かたち》なり。髪は扇を広げたるやうにゆらゆらとして、顔はいと赤くすりなして（泣きはらして）立てり。

平安時代の貴族女性は部屋の中で立っていることもはしたないとされました。室内で移動するときは「ゐざる（座ったまま膝で進む）」のです。それなのに、この「女子《をんなご》」は走って現れます。何と活発で健康的な女の子であることでしょう。このように活き活きとして生彩を放つ少女の姿が描かれたことが、果たして古典の世界にあったでしょうか。

「女子《をんなご》」が顔を「いと赤くすりなして」いるのは、「伏籠《ふせご》のうちに籠《こ》めたりつる……雀の子を犬君《いぬき》が逃《にが》しつる」からです（あとで読む本文にも犬君はそそっかしい女童《めのわらわ》として登場します）。この後、源氏に三十数年にわたり連れ添い、源氏の生涯において最も大切な女性となる紫の上が、今ここでは、雀がかわいくてならず、そのかわいらしい雀が逃げてしまったとなると泣いて悔しがる天真爛漫な女の子として描かれています。後の紫の上を知ると、より一層、この最初の登場の仕方が印象的に感じられます。

この女の子が、源氏が限りなく慕う藤壺の宮にとてもよく似ているので、源氏はこの子から目を離すことができません。それもそのはず、この子は藤壺の宮の姪だったのです。それが分かると、藤壺の宮の代わりにこの子を「明け暮れのなぐさめにも見ばや」と源氏は思います。そしてさらに自分の手許でこの子を「心のままに教へ生《お》ほし立てて見ばや」と思うのです。

一方、女の子も十八歳の源氏をとても好ましく思います。「この若君（十歳の紫の上）、をさなごこちに（源氏を）めでたき人かなと見たまひ」とあります。「源氏の君」と名付けた雛人形を作って、きれいな服を着せ、たいそう大事にしたりもするのです。

すでに母を亡くしていた女の子にとって祖母が親代わりでしたが、その祖母がやがて亡くなります。そこで、この子は父兵部卿《ひょうぶきょう》の宮《みや》に引き取られるはずでしたが、源氏は強引に自邸に引き取ってしまいます。

「まだむげにいはけなきほど（まだひどく幼い年齢）」で、結婚するには「いま四五年を過ぐして」と思われるこの女の子との暮らしを、源氏は自邸の二条院で始めます。間近に女の子を見ると、「御容貌《かたち》は、さし離れて見しよりも、いみじうきようにて」（「きよら」というのは最も高貴で上品な美しさをいう語です）、無邪気に微笑むかわいらしい女の子を前にして、源氏も思わず笑みがもれます。「（女の子が）いとうつくしきに、われもうち笑《ゑ》まれて」とか「（女の子が）何心なくうつくしげなれば、（源氏は）うちほほゑみて」といった表現が何度も出てきます。藤壺の宮を慕い続けて内心には抑えようのない激しい恋の炎を燃やし、正妻の葵《あおい》の上《うえ》（左大臣の娘）とはうち解けない源氏も、この女の子とともにいると心をなごませるのです。

女の子も、源氏が外から二条院に帰ってくると、仕える女房たちの見る中で源氏の懐《ふところ》に飛び込んでいく慣れ親しみようです（「御懐に入りゐて、いささか疎《うと》く恥づかしとも思ひたらず」）。こんな男女の姿は他のどんな作品にも描かれていないと思います。二人はもちろんまだ男と女の関係にあるわけではありません（そうなるのは三年後のことです）。ではいったい二人はどんな関係にあると言ったらいいのでしょうか。源氏はうぶな娘を藤壺の身代わりとして側に置いて心のなぐさめにしていると言っていいでしょうが、うら若い紫の上にとって源氏はどういう存在なのでしょうか。源氏を信頼しきっていることは確かなようです。一人の少女が、男女の関係でなく、ただ若い男性を深く信じているとき、どのように振る舞い、どのような気持ちを抱くかを作者紫式部は実験的に描いてみようとしたのでしょうか。

2

以上の長い前置きをした上で、いよいよここから「紅葉賀」の一場面を紹介することにします。光源氏十九歳、紫の上十一歳の正月元旦のことです。

貴族の一年は、元旦の辰の刻（午前八時頃）に、親王並びに大臣以下六位以上の者が内裏の清涼殿の東庭において束帯姿で列立し、天皇に年賀の辞を申し上げる朝拝《ちょうはい》の儀をもって始まりました。光源氏は四位《しい》の中将ですから、この儀式に当然列席します。二条院の邸を出る前に、源氏は西の対《たい》にいる紫の上の部屋を覗きます。時刻は朝七時前といったところでしょうか。源氏は紫の上に「今日からは大人らしくおなりになられましたか」と言って、にっこり笑いかけます。昔は新年を迎えると一つ歳をとることになっていましたので、十歳から十一歳になった紫の上に向かって、「まだまだお人形遊びに夢中のようですが、一つ歳を加えて少しは大人っぽくなりましたか」と戯《たわむ》れているのです。そんな戯れを言う源氏は十九歳の貴公子で、すばらしく魅力的な姿をしています。

紫の上はまだこんな朝早い時間なのに早くもお人形を並べ立てて、忙しげにしていました。三尺の厨子（高さ九十センチほどの置き戸棚）一対《いっつい》にさまざまなお道具を飾り並べて、またお人形のための小さな御殿を数多くこしらえて源氏が差し上げたのを、紫の上は場所が狭いと感じるほどいっぱいに広げて遊んでいたのです。

紫の上は先ほどの源氏の戯《たわむ》れ言《ごと》に、真面目な顔をして「昨晩、追儺《ついな》の遊びをしていて、犬君《いぬき》が人形を壊してしまいましたので、直しているのです」と答え、人形が壊れたことを大事件だと思っている様子です。今日が元日なので昨晩は大晦日《おおみそか》ということになりますが、大晦日には「儺《な》やらひ（追儺《ついな》）」といって、鬼を追い払う儀式が行われました（現代の節分の豆まきのもとになる儀式です）。その真似をして遊んでいるうちに、そそっかしい犬君が大事な人形を壊してしまったと、紫の上は泣きべそをかいているのです。

源氏はやさしく応じます、「ほんとにたいそうなうっかり者のしわざのようですね。すぐに直させましょう。今日はお正月のめでたい日ですから、お泣きになってはいけませんよ」と。そう言って出ていく源氏の姿は、立派な束帯姿でありましたから、堂々たる威勢あるものでした。

仕える女房たちが縁側に出て源氏をお見送りすると、紫の上も立って縁側に出てお見送りします。見送り終えると、紫の上は大事な人形の中でも特に大事な例の「源氏の君」と名付けた人形を取り出し、きれいに飾り立てて、内裏に参上させる真似などなさるのでした。

源氏が出かけていった後、長く紫の上に仕えてきた乳母《めのと》は、紫の上に語りかけます、「一つ歳をお取りになったのですから、せめて今年なりと少しは大人におなりなさいませ。お歳が十を過ぎた人は、もうお人形遊びはしないでおくものですよ。それに、あなたさまはこのように婿君をお持ちになっていらっしゃるのですから、奥さまらしくおしとやかにお相手なさらなければいけません。それなのに、御髪《おぐし》を私がお直しする間でさえも、お嫌《いや》がりなさいます」と。そう乳母が言ったのは、紫の上がいつまでも人形遊びにばかり熱心なので、十も過ぎて「遊びにのみ心入れ」なさっているのは恥ずかしいことだと気付かせようとの考えであったのです。

乳母は自分が長らくお世話してきた姫君が光源氏という夫を持つ身になったのですから、姫君が「大人びた女」に少しでも早くなってほしいと願っています。母親代わりの乳母として当然の願いでしょう。乳母が考える「大人びた女」とは、十も過ぎて「雛遊び」などするのは恥ずかしいと思ってそんな遊びは控え、長い髪もおとなしく乳母に梳《くしけず》ってもらい、「奥さまらしくおしとやかに（「あるべかしくしめやかに」）」振る舞う、そんな分別心のある女です。

しかし、そんな大人の分別を心得た女に光源氏は魅力を感じるでしょうか。光源氏が朝早く宮中に出かけるその前に、紫の上の部屋を覗いて、「新年を迎えた今日からは、大人らしくおなりになられましたか（「おとなしくなりたまへりや」）」と、にこやかに声を掛けたのは、十一歳になっても一向に「大人らしく」ならない紫の上に、たまらない魅力を感じてのことでしょう。部屋いっぱいにお人形道具を広げて人形遊びに夢中になり、人形が一つ壊れては一大事と思い、泣きべそをかく、この無邪気さ、無心さ。ここには幼い少女が持つ伸びやかな自由さが溢れています。乳母の常識的な考えは、大人の分別など知らない、大人の制約など受けない、活き活きした少女の姿をかえって浮き彫りにしているように思えます。

さてさて、乳母から「少しは大人になりなさい」とお説教を受けて、紫の上はどう思ったでしょう。彼女は乳母の言った「男《をとこ》まうけ」という言葉に強く反応して心の中で次のように思います。

「乳母の言うところによれば、私は夫を持つ身なのだわ（「我は男《をとこ》まうけてけり」）。しかしそれにしても、側に仕える女房たちの夫というのは醜いけれど、私はこんなに美しくて若い夫を持っているのだわ」と。

光源氏との関係に今やっと気づいたこの大らかな紫の上。しかし、少女ながらに彼女は見るべきものはしっかり見ているのです。作者は最後に言葉を一言添えています、「いくらまだ幼いとは言え、新しい年を迎えて、お歳を一つお取りになったあらわれなのでしょう」と。

紫式部という作家は恐るべき作家で、ときには痛烈な皮肉を込めて冷ややかに突き放すような表現をしたりもする人ですが、皮肉を柔らかく包み込むことで、読者をにっこり微笑ませたり、そんなユーモアの才だってときには見せてくれる人なのです。

それでは、以下、原文を示すことにします。

男君[1]は、朝拝《てうはい》に参りたまふとて、さしのぞきたまへり。「今日よりは、おとなしくなりたまへりや」とて、うち笑《ゑ》みたまへる「さまは」、いとめでたう[2]愛敬《あいぎやう》づき[3]たまへり。いつしか[4]雛《ひひな》[5]をしするて、そそきゐたまへる[6]、三尺の御厨《みづ》子《し》一《ひと》よろひに、品々しつらひ[7]すゐて、また小さき屋[8]ども作り集めて奉りたまへる[9]を、ところせきまで[10]遊びひろげたまへり。「儺《な》やらふ[11]とて、犬君《いぬき》[12]がこれをこぼちはべりにければ[13]、つくろひ[14]はべるぞ」とて、いと大事と思《おぼ》いたり[15]。「げに[16]いと心なき[17]人のしわざにもはべるなるかな。いまつくろ

---

1 男君　光源氏
2 めでたう　すばらしく
3 愛敬づき　魅力があり
4 いつしか　もう早速
5 雛　紙などで作った小さな人形
6 そそきゐたまへる　（紫の上は）忙しくしていらっしゃる
7 しつらひ　飾りつけ
8 小さき屋　小さい家（御殿）
9 奉りたまへる　（光源氏が紫の上に）差し上げなさった

はせはべらむ。今日は言忌《ことい》み[18]して、な泣いたまひそ[19]」とて、出《い》でたまふ気色[20]ところせき[21]を、人々端《はし》[22]に出でて見たてまつれば、姫君も立ち出でて見たてまつりたまひて、雛の中の源氏の君つくろひ立てて[23]、内裏《うち》に参らせなどしたまふ。

「今年だにすこし大人びさせたまへ[24]。十《とを》にあまりぬる人[25]は、雛遊びは忌みはべるものを[26]、かく御男《をとこ》などまうけ[27]たてまつりたまひては、あるべかしう[28]しめやかにてこそ[29]、見えたてまつらせたまはめ[30]。御髪《みぐし》まゐるほど[31]をだに、ものうくせさせたまふ[32]」など、少納言[33]聞こゆ[34]。遊びにのみ心入れたまへれば、恥づかしと思はせたてまつらむ、とて言へば、心の中に、我はさは[35]男まうけてけり[36]、この人々の男[37]とてあるは、みにくくこそあれ[38]、我はかくをかしげに[39]若き人をも持たりけるかなと、今ぞ思ほし知りける[40]。さはいへど[41]、御年《とし》の数《かず》添ふしるし[42]なめり[43]かし[44]。

（『源氏物語』「紅葉賀《もみぢのが》」）

---

10 ところせきまで　いっぱいにあふれるまで
11 儺やらふ　儺《な》（鬼）を追い払う
12 犬君　紫の上付きの女童《めのわらわ》
13 こぼちはべりにければ　壊してしまいましたので
14 つくろひ　修繕し
15 思いたり　お思いになっている（「思《おぼ》い」は「思《おぼ》し」の音便形）
16 げに　実際、本当に
17 心なき　思慮分別がない。不注意な
18 言忌み　正月などに泣いたり不吉なことを言わないように慎むこと
19 な泣いたまひそ　お泣きなさるな
20 気色　様子

21 ところせき　堂々として勢威がある
22 人々　紫の上に仕える女房たち
23 つくろひ立て　飾り立て
24 大人びさせたまへ　大人らしくなって下さい
25 十にあまりぬる人　十歳を過ぎた人
26 忌みはべるものを　慎みますのに。「ものを」は逆接詠嘆（〜のになあ）の助詞
27 御男などまうけ　夫などを持ち
28 あるべかしう（妻に）ふさわしく
29 しめやかに　おしとやかに
30 見えたてまつらせたまはめ（自分を夫に）お見せ申し上げなさるのがよい
31 御髪まゐる　御髪《おぐし》をといて差し上げる
32 ものうくせさせたまふ　いやなことだとお思いになる
33 少納言　紫の上の乳母《めのと》
34 聞こゆ（紫の上に）申し上げる
35 さは　それでは
36 男まうけてけり　夫を持ったのだなあ（「けり」は詠嘆を表す）
37 この人々の男　紫の上に仕える女房たちの夫
38 みにくくこそあれ　醜くあるけれども
39 をかしげに　美しく魅力的で
40 思ほし知りける　しみじみお分かりになった
41 さはいへど　いくら子どもっぽいとは言っても
42 しるし　効果。効き目
43 なめり「なるめり（〜であるようだ）」の音便形
44 かし　念を押す助詞（「〜（です）よ」）

第五回　『芭蕉翁頭陀物語《ばしょうおうずだ》』——たくらむ俳人

1

　この本では「比較的著名な古典」を取り扱うことにしていますが、ここに取り上げるのは「比較的無名な古典」と言えましょう。書名は『芭蕉翁頭陀物語《ばしょうおうずだ》』と言い、「建部綾足全集（全九巻）」の第六巻（文集）に収められている、長さも二十ページほどの作品です。

　まず、「建部綾足《たけべあやたり》」という作者自体が、誰にもよく知られた人物ではないのではないかと思います。「建部綾足全集」の「編者のことば」冒頭に、「建部綾足が、平賀源内や上田秋成にならぶ近世中期文学の逸材であったことは、よく知られている」とありますが、それは、江戸文学に強い関心を持つ人や大学の研究者という限られた人たちにそうであったということで、一般の人にとっては、「秋成にも並ぶ大きな存在であったのか、建部綾足という人は」というところではないでしょうか。

私自身、建部綾足については岩波の「新日本古典文学大系」の『本朝水滸伝《ほんちょうすいこでん》・紀行・三野日記・折々草』をいくらか読んだくらいで、全集は持っていても限られた作品を拾い読みした程度。とても分かったような口はきけませんが、彼の経歴を大系の解説や『日本古典文学大辞典』（岩波書店）などで調べただけでも、たいそうドラマチックな生涯を生きた、興味深い人物だということが知られます。

綾足は俳諧・片歌《かたうた》・紀行・随筆・物語・絵画・国学など多岐にわたる芸術活動を繰り広げた人でありますが、もとは弘前藩家老の次男として生まれています。十一歳で父を失い、家督を継いだ兄のもとで育つのですが、その兄の嫁と不倫の恋に落ち、兄嫁は離縁、二十歳の綾足は弘前を出奔し、京や江戸など各地を遍歴。故郷を捨て武士という身分も捨て、頼るべき縁故は何もない身でありながら、志太野坡《しだやば》に師事するなどして、三十歳頃には江戸で俳諧師として一派を立てるに至っています。長崎には二度にわたり絵を学びに行き、豊前中津侯奥平昌敦に仕え、三十九歳で遊女と結婚（この妻と旅した紀行文を読むと、彼女が詩歌の才のあった人だと分かりますし、綾足没後は彼女が遺稿の整理・編集もしたようです）。二十歳の弘前出奔から江戸にて五十六歳で亡くなるまで、文人としての綾足は常に東奔西走して各地の人々と交流し時に断絶し、自己の新たな文学的課題に日々休むことなく挑戦し続けた人のように思われます。

『芭蕉翁頭陀物語』（別名『蕉門《しょうもん》頭陀物語』）は、芭蕉に関する逸話七章、其角《きかく》・支考《しこう》など蕉門俳人に関する逸話二十六章、計三十三章を収録する俳諧逸話集です。「頭陀《ずだ》」とはもとは「僧が食を乞《こ》いながら野宿などして各地を巡り歩いて修行すること」の意ですが、ここでは俳人が諸国を旅することといった意の言葉と理解しておけばいいでしょう。何でも入るようなだぶだぶした袋を「頭陀袋」と言いますが、「頭陀袋」とはもとは「頭陀をする僧が経巻・僧具・布施物などを入れて首に掛けた袋」のことです。

これから紹介するのは支考に関する逸話を語る文章です。初めにお断りをしておきますと、これは、各務《かがみ》支考という俳人に実際あったことを忠実に述べるというより、支考の代表的俳句をもとに綾足が創作したお話と考えられます（『俳諧大辞典』〔明治書院〕、『日本古典文学大辞典』などいずれもが綾足の「虚構性」を指摘しています）。しかし、この虚構創作の才こそ綾足作品の魅力とも思われますので、作り話であろうとなかろうと、その文章を味わうことにしたいと思います。

本編に入る前に、次の与謝蕪村の句をご覧下さい。

身にしむや亡き妻の櫛《くし》を閨《ねや》に踏む

亡くなって間もない妻愛用の櫛が「閨《ねや》（夫婦の寝室）」の片隅に思いがけなくころがっていたのを踏みつけて（「身にしむ」が秋の季語なので、時は秋冷の夜ということになるのでしょう）、亡き妻を想い、一人残された夫の寂しさをかみしめるというこの句を見て、伴侶を亡くした蕪村の孤独に深く思いを馳せた方もおられたことでしょう。

しかし、すでにご存じの方も多いかも知れませんが、この句を蕪村が作ったとき、蕪村の妻は死んでなどいなくて、いたって元気だったというのです。つまり、この句は妻が死んだという想定の中で蕪村の想像力によって作られた句なのです。妻を亡くした悲しみに沈む蕪村が詠んだ句だとばかり思っていた人には、そのとき「なあんだ」という思いが生まれるのではないでしょうか。

それは、和歌や俳句は作者自身の経験・実感をもとに作られているという暗黙の了解（思い込み？）が私たちの内にあるからでしょう。心にしみる経験や実感を巧みに表現した言葉だと思えばこそ、私たちはその表現の奥にある経験や実感に思いを至し、深く味わおうとするのだと思われます。

しかし、和歌や俳句は本来その言葉こそがすべてであって、その言葉を通して鮮やかな光景なり奥深い情感なりを読む人に呼び起こすことができれば、それで十分に作品の値打ちはあるというものでしょう。詠み手がいつどこで詠んだかなどは関係ないはずです。

実際、有名な蕪村の句を二つ見てみましょう。

指貫《さしぬき》を足でぬぐ夜や朧月《おぼろづき》

鳥羽殿へ五六騎いそぐ野分《のわき》かな

前者では「朧月夜」という背景の中に平安王朝貴族の姿を思い浮かべ、後者では「野分」というこれもまた印象的な背景のもと『平家物語』の一場面のような、騎馬で急ぐ武士を心に思い描きます。私たちは五七五のこの簡潔すぎる表現で私たちの想像力を鮮やかにかき立てる蕪村の力量に感嘆するばかりです。蕪村がいつどこでどんな状況でこの句を作ったのかを特に詮索する必要も感じないでしょう。

しかし、そうは言っても、「身にしむや亡き妻の櫛を閨に踏む」の句の場合、やはり蕪村の妻は本当に死んでいてほしいと私たちは思ってしまうのではないでしょうか。妻が死んでいようといまいと、いい句ではありましょう。しかし、妻が死んでいてこそ読み手はこの句をより深く心に刻むのではないでしょうか。

本編に入る前の話が長くなってしまいました。いよいよこれからが本編の話です。

2

芭蕉の最後の旅に随伴し、その臨終にも立ち会った弟子である支考は美濃（岐阜県）の人です。彼は美濃の草庵にこもり、雪が降り積もってゆく梢を眺めて、初雪の句を考え続けていました。そこで次の一句がひらめきました。

歌書よりも軍書にかなし吉野山

皆さんはこの句をどのように鑑賞なさるでしょうか。

「歌書《かしょ》」とは歌について書いた本ということですが、私家集・勅撰集いずれであれ、歌集を指すと考えていいでしょう。それに対して「軍書《ぐんしょ》」とは「軍《いくさ》（合戦）」について記した書物、つまり軍記ということです。「かなし」はここでは「心をひかれる・身にしみる・感慨深い」といった意味で取ればよいかと思います。「吉野山」は奈良県中央部に位置し、桜の名所として有名な所です（「吉野山」はまた雪の名所でもありました）。

最初の勅撰和歌集『古今集』以来、「花の名山と名を得たる吉野の山」は誰にとっても心ひかれる所としてさまざまに歌に詠まれ続けてきました。それを前提に、「いやいや、歌書よりは軍書においてこそ吉野山は感慨深く心にしみる」と詠んだのがこの句です。

吉野山に関連深い軍記物語というと、『太平記』や『義経記《ぎけいき》』があります。『義経記』には源頼朝に追われた義経《よしつね》が静御前《しずかごぜん》とともに吉野に落ちゆき、静を置いて弁慶たちとともに吉野を脱出する話がありますし、『太平記』には吉野の行宮《あんぐう》での後醍醐天皇の崩御や、北朝側の足利尊氏の執事高師直《こうのもろなお》によって吉野の宮が炎上させられるさまなどが描かれています。

建部綾足作の読本《よみほん》『本朝水滸伝』の中に「夜ごとに人を集め、軍書を講《とき》て銭をとりて世のわたらひとする人」が登場します（巻之五）。『本朝水滸伝』の時代設定は奈良時代ですが、これはどう見ても江戸時代に江戸・京・大坂など各地で見受けられた「太平記読み」のことではないかと思われます。この「太平記読み」の広がりを考えると、「軍書」といったらまず『太平記』が第一に思い浮かべられたのかも知れません。

「歌書よりも軍書にかなし吉野山」の句ができて支考が思ったことは、「この句には季語がないが、俳諧の発句では名所の句に限って季語を含まなくてもよいとする『名所の法』があるので問題はない。自分には生涯の代表作というべき句がないので、この句をその名句にしよう。そうすることに誰一人文句は言わないだろう。しかし、吉野山でこの句を作ったというのでないと、人がこの句を深く受け止めてくれるのは難しいのではないか」と。

そこで支考は早速ある手を打ちます。支考門の俳人で美濃で酒造家をしていた井上童平に手紙をやったのです。「今年の雪は殊の外風情あり、吉野山が想われてならない。春になったら、連れ立って大和路《やまとじ》に旅をしようと思うが、おまえは行かないか」と。童平は賛同し、二月の末（今の三月末から四月初旬）、桜も盛りの時期を待って二人は吉野山への旅に出ます。満山の桜の中の松はまるで雪の中にあるようで、一目千本《ひとめせんぼん》の雲居の桜を抜けて吉水院（吉水神社）まで登ってくると、南朝の帝がおられた昔が思い起こされ、古戦場を間近に見て、攻める北朝・防ぐ南朝それぞれの武士が闘った昔に思いを馳せると涙が溢れるのでした。

もの寂しく日も傾いて木の間に隠れ、近くの谷の水音はむせび泣くように響く中、支考と童平が並んで道ばたの石に腰掛けていると、巡礼の旅の人たちは桜の山のそこここに今日の宿を求めているようです。そんなしんみりとした夕暮れ時、支考は急に頭をもち上げて、「自分は今『天下の絶唱（比類ない名句）』を得た。聞いてくれないか、聞いてくれないか」と言って、美濃で作ったあの句を高らかに吟詠しました。童平は目を吊り上げて怒って言いました、「あなたはひそかに事を運んで人をだまそうとするとんでもない人だ。よくもよくもたぶらかして、私を吉野の旅のお供にしてくれたことだ。今あなたが吟じた句は『孕句《はらみく》（前もって考えておいた句）』だ。早くに気づいていたら一緒に吉野まで来はしなかったのに」と。

しんみりと静まりかえる吉野の山中で、いかにも吉野山の長い歴史に思いをやって霊感が今ひらめいたかのように声高らかに吟詠した支考のわざとらしい振る舞いを見て、童平は「歌書よりも……」の句を吉野で作ったことにするその証人として自分が利用されたことにすぐに気づいたのでした。

自分のたくらみが見破られた支考のその直後の態度・言葉がふるっています。支考は「うち笑《ゑ》みて（にっこり微笑んで）」、童平の背中を叩き、「決して、口外するなよ」と言って、口を手で掩《おお》って吉野山を下ったというのです。

「支考うち笑みて」と表現したところに、私は実に伸びやかで自由な作者の心を感じます。作者綾足は、支考という俳人を、生涯で一番の名句を吉野山で作ったことにどうしてもしたいけちな男として描いてはいないのです。たくらみがばれても少しもかまいはしないのです。こんな支考を描くことができたのは、作者綾足が何ものにもとらわれない自由人であったればこそでしょう。

後に示す原文を声に出して読んでみて下さい。テンポも歯切れもいい文章、支考と童平の軽妙と言ってもいいやり取り、主人公支考という人間に漂う自由感。こんな文章、こんな人物を描けるのは、江戸時代にも何人もいるとは思えません。生涯を俳諧に歌に物語に苦闘し、その後に初めて獲得された自由な境地で自在に書かれた文章だと私には思えます。

それでは以下に古文を示します。

支考、美濃《みの》の草庵にこもり、雪になりゆく梢《こずゑ》をながめて、初雪の句を案じつづけ、吉野山の一句を得たり。

歌書よりも軍書にかなし吉野山

1 この吟　この俳句
2 雑　季語を持たない俳句のこと
3 違へず　背かない。はずれな

支考、時に思へらく、「この吟雑《ざふ》[1][2]にして名所の法を違へず。[3]我に一生の句なければ、是《これ》を以て名句とせんに、天下誰《たれ》か舌をくださむ。[4]されど、その場にあらざれば、人の信を起こすこと[5]難《かた》し」と。

　童平へ申し遣《つか》はしけるは、「ことしの雪のおもしろき、しきりに吉野山を思ひ出《い》でぬ。春立てば、相伴《あひ》ひ大和路《やまとぢ》に行脚《あんぎや》せん。吾子《あこ》[6]行かんやいなや」といふに、童平も是に同《どう》じ、[7]春も如月《きさらぎ》[8]の末《すゑ》つかた、吉野の麓《ふもと》に盛りを待ちえて杖をひいて、千本《ちもと》[9]にかかる隠れ松は雪間のごとく、一目千本《ひとめせんぼん》[10]の雲居を分けて、吉水院[11]に登りみれば、南帝[12]の昔今さらにして、古戦のあとに涙をそそぐ。日も心細く木の間に隠れ、谷の水音むせぶがごとし。支考・童平立ちならんで、石上に尻かたげ[13]すれば、同者《どうしや》[14]の声々、人家を求め、花のいづこに臥すらんと見ゆ。支考、時に頭《かうべ》をあげて、「我、天下の絶唱を得たり。聞くべしや聞くべしや」と、かの句を高ら

い
4 舌をくださむ　非難する（悪く言う）だろうか、いや、非難しないだろう（「くだす」は「腐す」）
5 人の信を起こす　人が信じる気持ちを抱く（作品を高く評価する）
6 吾子　あなた。おまえ
7 同じ　賛同し
8 如月　陰暦二月
9 千本　多くの本数
10 一目千本　多くの桜が一目で見渡せること。吉野山の観桜に絶好の場所
11 吉水院　後醍醐天皇の仮御所（行宮）が置かれた所
12 南帝　南朝の天皇。後醍醐天皇・後村上天皇など
13 尻かたげ　尻をのせる、つま

かに吟ず。童平、眉をはつて曰《いは》く、「いみじきぬすびとかな。[15]よくもよくもたぶらかして、我を行脚の奴《やつこ》[16]とはなせり。この吟、全く孕《はらみ》句《く》なり。早く知らば来《き》たらじものを」[17]。支考うち笑《あ》みて、童平が背中をたたき、「あなかしこ、[18]もらすべからず」と、口を掩《おほ》ひて山を下《くだ》る。

（『芭蕉翁頭陀物語』）

平安中期の歌人能因《のういん》の歌についての有名な小話もここに載せておきましょう（これも作り話かも知れませんが）。

り腰掛けること
14 同者　神社仏閣を巡礼する人々
15 いみじきぬすびと　「いみじき」はたいそうな。「ぬすびと」は「ひそかに人の物を盗み取る人（泥棒）」の意ではなく、「人に気付かれないようにひそかに事を運ぶ人」「人をだます人」といった意の言葉
16 奴　召使い。家僕
17 来たらじものを　やって来ないであろうになあ
18 あなかしこ　決して（〜するな）

能因はいたれる数寄者《すきもの》なり。

都をば霞とともに立ちしかど秋風ぞ吹く白川の関

と詠めりけるを、都にありながら、この歌を出《い》ださむこと、無念と思ひて、人にも知られず、久しく〔自邸に〕籠《こも》り居て、色を黒く、日にあぶりなしてのち、「陸奥《みちのく》の方へ修行のついでに詠みたり」とぞ披露しける。（『十訓抄』）

「白川の関」は今の福島県白河市付近にあり、昔は陸奥の歌枕の一つでした。遠い旅の経験を感慨をこめて歌った歌は、まさにその地に行って詠んだとしなければ誰の心にも深く響かなかったことでしょう。

それに比べ、支考の俳句は「歌書」「軍書」と書物の上でのことを詠んだ句ですから、吉野山で詠まれなくても作品の評価はそう大きく変わらないようにも思いますが、「歌書」で名高い吉野の桜を一目見ようと吉野山まで訪れ、そこで吉野の宮があった南朝の昔を思い、古戦場と言われる場も実際に見て、そういえば「軍書」においてのほうがいっそう吉野はさまざまに感慨深く描かれていたことだと、吉野の地で思い至ったとしたほうがやはりより深く味わえる句のようにも思えます。

第六回　『大鏡』――死に際に弟を降格させた兄

1

平安時代後期に成立した歴史物語『大鏡』の一節を取り上げます。『大鏡』は平安前期から中期にわたる十四代、百七十六年間の歴史（西暦でいうと八五〇年から一〇二五年まで）を語る物語ですが、おもしろいのは、百九十歳の老人が百八十歳の旧友にお寺でばったり出会って、周りに集まった者たちに「昔物語」をするという設定です。何しろ百九十歳ですから、百年前、百五十年前の出来事を直に見た、噂に聞いたといってこの老人は語ることができます。今、われわれの前に百九十歳の老人が現れて、坂本龍馬には京で二、三度お会いしたことがあるとか、西郷隆盛さんには江戸でしばらくだけどお側に仕えていたと言ったら、私たちはその老人の話に大変な興味を持って耳を傾けることでしょう。

古典を読む上で一つ面倒なことに触れておきましょう。例えば『平家物語』を読むといっても、小学館の「日本古典文学全集」で読むのか、それとも「新潮日本古典集成」で読むのかで、本文が違うのです。内容はほぼ同じながら表現がかなり異なっていたり、章段の分け方が違っていたりと、作品名は同じでもいろいろの本文があるのです。

古典のどの作品ももとは原作者がいるはずですが（原作者は一人とは限らず、ある原作者集団が想定される作品もあります）、原作者の自筆の原稿が残っていることはまずありません。活字にして印刷・出版することなどなかった時代は、誰かがこの作品はおもしろいと思い、誰かにも読ませたいと思って書き写し、また誰かが書き写すという密やかな作業があって後の時代にまで生き残っていったのです。今日少なからぬ古典を読むことができるのは、平安、鎌倉、室町、江戸と各時代に私たちの知らない誰かが書き写してきたからです。

しかし、誰もが忠実に原本をそのまま書き写すとは限りません。当然ながら、自分の筆力に自信があって、もっと文章をよくしてやろう、内容をおもしろくしてやろうという人も出てくるわけです。そして、中には見事うまくやってのける人も出てきます。そうすると、昔のことですから、どれが原作者の書いたもので、どれが後世の人間が書き改めた、また書き加えたものなのか分からなくなったりもします。『源氏物語』も書き写されるなかで、より文章は洗練されていっただろうとも言われています（なかなかはっきりとは確かめようもないことのようですが）。

『大鏡』はもともとの原本に近い古本《こほん》系の本文と、後に増補された流布本《るふぼん》系の本文とは明確に区別できるようです。今ここに取り上げる藤原兼通《かねみち》についての一節は、流布本系の本文（すなわち古本系の本には載っていないもの）です。なぜ古本系か流布本系かといった、煩わしそうなことを持ち出すかというと、兼通という一人の人物の描き方が古本系と流布本系ではまるで違っているからです。古本系の兼通評価に対して反論し、兼通を弁護するために流布本系の文章は書かれたように見えます。歴史が書き手によってガラリと違ってくる例をまざまざと目にする思いがします。

　古本系の本文では関白太政大臣藤原兼通は次のように描かれています。

「この大臣《おとど》、すべて非常《ひざう》の御心ぞおはしし。かばかり末《すゑ》絶えず栄えおはしましける東三条《とうさんでう》殿《どの》を、故《ゆゑ》なきことにより、御官位《つかさくらゐ》を取り奉りたまへりし、いかに悪事《あくじ》なりしかは。天道も安からず思《おぼ》し召《め》しけむを（この大臣は、何かにつけて非情・非道な異常なお心がありでした。こんなにもご子孫が絶えることなく繁栄していらっしゃる弟の東三条殿を、理由もないことで、ご官位をお取り上げなさったのは、どんなにひどいことだったでしょう。天の神もきっと穏やかならず思われたことでしょうよ)」

これは、関白の兼通が貞元《じょうげん》二年(九七七)十月、臨終も間近いかというときになって、関白の座を弟の東三条殿(兼家《かねいえ》)に譲るであろうと思われていたにもかかわらず、弟の兼家ではなく従兄《いとこ》の藤原頼忠《よりただ》に譲り、三位《さんみ》の大納言・右大将《うだいしょう》であった兼家からはその官位を取り上げ、四位《しい》の治部《じぶ》卿《きょう》に格下げしたことについて、そうする理由もないのにひどいことをする異常なまでに心の冷酷な人だと痛烈に批判したものです。「天道も安からず思し召しけむ」とは、兼通への憤り収まらず、まったく天も見放すような道理に反する行いだと、さらに言いつのったのでしょう。

兼家贔屓《びいき》で、兼通を快く思わない人にとっては右の非難は痛快であったでしょうが、それは違うと強く思った人もいたのでしょう。「いやいや、兼通さまはそんな冷酷非情な方ではなかった。弟の兼家さまの官位をお取り上げなさったのには『事《こと》の故《ゆゑ》(それなりの理由)』があったのだ」と主張するのが、これから紹介する流布本系の本文です。

古本系の本文は百九十歳の大宅世継《おおやけのよつぎ》が語っていましたが、これから語るのは向かいで聞いていた「侍《さぶらひ》」です(「侍」とは武士ではなく、貴族に「お仕えする男」のことです)。世継が語るのを聞いていた「侍」が反論するという形を取っているわけです。

「侍」はまずこう言います、「自分の祖父は兼通さまに長年お仕えした者であるので、この件については詳しい事情を私はお聞きしているのです」と。「侍」は自分だけが知っている歴史の真実を語ろうというのです。

2

「侍」は兼通《かねみち》と兼家《かねいえ》の二人の間柄から語り始めます。

「兼通さまと兼家さまとのご兄弟の仲は、長年にわたる官位競争の間に悪くなり、そんな不和の状態で長くお過ごしでございました」

兼通は兼家より五歳上の兄ですが、これぞ上流貴族と言ってよい三位《さんみ》の位を得たのは弟のほうが先で、兄が参議（宰相）になると弟は参議を経ずにその上の中納言になるなど、出世競争では弟のほうが上を行く時期がありました。逆転したのは兼通・兼家の兄の関白伊尹《これまさ》が亡くなったときです。関白は兄弟の順序に従ってなるべきという円融天皇の母后の言葉を楯に、兼通は中納言から異例の昇進を遂げ、関白内大臣となります。そのとき大納言であった弟の兼家をやっと見返すことができました。しかし、兄を下に見ていた弟にとってこんな悔しいことはありません。

二人の間柄はそんなこんなで、とても仲のいい兄弟とは言えない間柄でしたが、「侍」は、兄兼通が弟兼家の官位を取り上げたという貞元《じょうげん》二年の十月十一日に実は次のようなことがあったのだと、ある出来事について語ります。

「今や関白太政大臣である兼通さまは病重く、臨終も間近い状態になられました。兼通さまの邸は二条通りに面していましたが、東の方角から先払いの声がします。『誰が邸の前を通るのか』と、ご病床にお付き申している者たちが言っておりますと、『東三条の大将殿（弟の兼家さま）がお出ましでいらっしゃいます』と誰かが申します。これを兼通さまはお聞きになって、『長年仲もよろしくなく過ごしてきたが、私が危篤になったと聞いて、弟は見舞いに来るのであろう』とお思いになり、病床近くの見苦しいものは片付けさせ、臥しておられた所は見た目よく整えるなどして、兼家さまを部屋に迎え入れ申そうと待っておられました」

長年、不信不和の関係にあった弟だが、兄ももう最期かと聞くとさすがに気遣って見舞いに来てくれるかと兼通は思い、生涯の終わりに弟と和解ができることを喜び、その瞬間を待ちもうけていたというのです。

しかし、予想に反し、兼家のお出ましは兄へ見舞いをするためではありませんでした。

「『兼家さまはすでに邸の前を通り過ぎて内裏へ参上なさいました』と人が知らせますと、兼通さまはあっけにとられるとともに不愉快な思いを抑えようもありません。（この成り行きを見て）側に仕える者たちも（あの不仲の弟と和解を夢見られるとは）何と間抜けで愚かなことかと見ているようでした。兼通さまは、『弟が見舞いに来たら、関白を譲ることなど話そうと思っていたのに、私が危篤でも見舞いにも来ない、このような態度であるからこそ、長年仲もよくなくて過ごしてきたのだ。（弟の態度は）驚きあきれるもってのほかのことだ』とおっしゃって、もう臨終かという様子で臥しておられたその方が、『さあ抱《かか》え起こせ』と、いきり立っておっしゃったのでした」

ここに、関白兼通が弟兼家の官位を取り上げるに至る主たる理由が明かされています。弟が自分に対してただ敵愾心《てきがいしん》ばかりを燃やす男ではなく、危篤状態にある自分を見舞うやさしい心根もある男なのだと思うことができれば、兄は心をやわらげて、弟の望むものをやってもよいとまで思ったのでした。しかし、兄へのやさしい心遣いなど弟にはかけらもないことを悟らせられたとき、兼通は以前に増して心をこわばらせ、憎しみの感情をつのらせたのです。

和解の手を差し伸べたつもりのその手をむげに払われたとき、人は憤りを奔出させずにはいられないものなのでしょう。できるものなら相手と互いに「信」の関係で結ばれたいと自分は思った、しかし、自分は強くそう思っても、相手はそんなことは少しも考えてさえいない。いや、わが手を払うという侮辱的なことまでした（弟の兼家は兄の気持ちなど知りもしなかったのでしょうが、兄兼通は弟にやさしく差し伸べた手を払われたと間違いなく思ったことでしょう）。となると、相手をこのまま許しておくことはできない。攻め滅ぼせ、引きずり下ろせという激情が心身を貫く。このような激昂・激情のために、人類の歴史において、どれだけの人が殺され、また戦いの火蓋が切って落とされたことでしょう。人は「信」が足蹴にされたと思ったとき、激情の虜《とりこ》となるのでしょう。

「侍」はそのときの兼通の様子を語り続けます。

「人の手を借りてでも立ち上がろうとする兼通さまを、周りの者は尋常ではないことだと思っていますと、兼通さまは『牛車《ぎっしゃ》の支度をせよ。先払いの者を用意せよ』とおっしゃいます。物《もの》の怪《け》がついたのか、正気もなくうわごとをおっしゃるのかと不思議に思って見ておりますと、束帯に冠をお召しになって、牛車に乗り、内裏へ参上なさいました。内裏の門で牛車を降りると、そこからはご子息の肩にもたれて、滝口の陣のほうから帝の前に参上なさろうと、昆明池《こんめいち》の障子のところにお出《い》でになると、弟の東三条殿が帝の前にちょうど伺候しておられるところでした」

関白兼通は物の怪が憑依したかのような異様な形相《ぎようそう》で、死にかけた体に鞭打って、正装を身にまとい、内裏の帝のもとへ向かったのです。帝の前には、自邸の前を素通りし、先に内裏に向かっていた弟の兼家がいました。

「兼家さまは、兼通さまがすでにお亡くなりになったとお聞きになって、帝に関白のことをご奏請《そうせい》申し上げようと思い、兄上の邸宅前を通って内裏に参上し、帝に奏請申し上げている最中でしたが、兼通さまが目をかっと見開いてやって来られましたので、帝も兼家さまもそれはたいそう驚愕なさいました。兼家さまは兼通さまを一目見るや（その恐ろしい気魄に圧倒されて）つと立って隣の鬼の間《ま》のほうに退かれました」

弟兼家は関白の兄はすでに死んだと思っていたのでした。そこで早速に内裏に参上し、帝（円融天皇。この時、十九歳）に次の関白として自分をお認めになるよう裁可を求めていた、まさにその場に、死んでいるはずの兄が現れたのです。兼家は開いた口が塞がらぬといったさまであったことでしょう。

「関白兼通さまは帝の前にかしこまってお座りになり、ひどく機嫌の悪いご様子で、『最後の除目《じもく》を行いに参りました』と言って、蔵人頭《くろうどのとう》をお呼びになり、関白には左大臣藤原頼忠《よりただ》を任ずる、東三条殿（兼家）の大将《だいしょう》の役職を取り上げ、藤原済時《なりとき》を大将に任ずるという宣旨《せんじ》（天皇の命令書）を下し、東三条殿を治部卿《じぶきょう》に格下げして、ご退出なさり、ほどなくお亡くなりになられました」

弟を許せないと考えた兄は、もうないと思われた命を振り絞って、人生最後の最後に「除目を行ふ」という関白の力をもって意趣返しをしたのです。「除目」とは官吏を任命する朝廷の儀式で、ここは臨時の除目です。臨時の除目であっても本来は帝の裁可を必要とするのですが、ここは関白が宣言するところを帝も「宣旨《せんじ》」としてただ認めるしかなかったのでしょう。

このように最後の執念を示した兼通を、流布本系のこの本文は次のように述べて終わっています。

「意図したことはやり通さずにはおかなかった人でいらっしゃって、あれほどご臨終も間近いと思われたときに、弟をいまいましく思う気持ちから内裏に参上なさって除目を行いなさったところなど、他の人はできるはずもないことでしたよ。ですから、東三条殿の官位を取り上げなさったことも、一概に兼通さまの異常に冷酷な心によるものではないのです。そうなさる理由は、このようにちゃんとあったのです」

右のごとく兼通を弁護したこの文章のおもしろさは、臨終の床にあった兼通がほんの一瞬心をやわらげたかに思われたが、一転してこわばり、感情が激して突っ走るその有様を見事に表現しているところにあると思います。燃え尽きんとしていた命はまだ生命のエネルギーを隠していたかのように最後にめらめらと燃え上がり、そして消え果てていきました。弟をいまいましいと思う気持ち(「ねたさ」)が、最後に「生命の躍動」をもたらしたのです。

私は「古典の中の自由人たち」と題して古典の中の活き活きとした人物を紹介していますが、兼通の最後の姿は人間の躍動する一つの姿ではありましょうが、「自由人」の姿では決してないでしょう。「信」を見失ったがために、沸き上がる感情に溺れてしまった「不自由人」の姿をこそ、それは描いていると言っていいように思います。

モンテーニュの『随想録』に「我々の存在は、もろもろの病的特質で固められている。野心・嫉妬・そねみ・復讐・迷信・絶望など……これらの諸特質の種子を人間の中から取り除くならば、我々の生命の根本的性質をも破壊することになろう」(第三巻第一章)という言葉があります。「嫉妬・そねみ・復讐」がわれわれ人間にとって骨がらみのものであり、容易にそれらから離れられないものであるのなら、何ものかを信ずる心を失わず、自由の精神を持ち続けることは、現実にはめったにあることではない、逆の言い方をすると、極めてまれにのみあり得ることということでしょうか。

3

平安中期に成立した勅撰和歌集『拾遺和歌集』巻九の雑《ぞう》下に「円融院御時、大将《だいしやう》はなれ侍りて後《のち》、久しく参らで奏せさせ侍りける（円融天皇の御代、大将を解任されて後、久しく参内せずに帝に奏上した歌）」という詞書《ことばがき》のある長歌《ちようか》があります（長歌とは五音と七音の二句を何度も続けて最後を七音で止めるという和歌の形態です）。詠んだ人は藤原兼家です。先に見た通り、兼家は貞元二年十月十一日、兼通によって右大将から治部卿に左遷されました。そんな不遇の身となって三ヶ月、いかにつらい身の上にあるかを兼家が円融天皇に訴えたのがこの長歌です。その一節を引きますと、こんな調子です。

神無月　うすき氷に　とぢられて　とまれる方も　なきわぶる　涙沈みて　かぞ
ふれば　冬も三月《みつき》に　なりにけり　長き夜《よ》な夜《よ》な　しきたへの　臥さず休まず
明け暮らし　思へどもなほ　かなしきは……

大将すなわち近衛府の長官は武官でありますが、大きな戦《いくさ》のなかった平安時代においては、大将は宮廷の社交が本務であるような大変栄誉ある地位でありました。ですから、それを奪われるのは大変な屈辱であったのです。しかし、その屈辱に発する鬱憤・悲愁ものような美しい言葉で飾られると、裏には怨念が渦巻いていても、燃えさかる情念もやわらげられ、何か穏やかなものであったかのようにさえ思えてしまいます。

兄弟の争いは『旧約聖書』にも『古事記』にもと、古今東西の歴史にいくらでも見ることができます。それらに比べると、右に見たような平安時代の貴族の争いというものはやはりのどかなものに思えます。兼通と兼家にしても骨肉の殺し合いをしたわけでもないのです。兼通は憤りに駆られて、上達部《かんだちめ》から殿上人《てんじょうびと》に格下げする処分を弟にしましたが、それはほどほどに抑制の利いたものであったとも言えましょう。彼をただ激情に溺れた「不自由人」と決めつけることもないのかも知れません。

それでは、以下に『大鏡』の原文をご覧いただきましょう。

この殿たち[1]の兄弟《あにおとと》の御中《なか》、年頃《としごろ》[2]の官位《つかさくらゐ》[3]の劣り優《まさ》りのほどに、御中あしくて[4]過ぎさせ給ひし間に、堀河殿[5]御病《やまひ》重くならせ給ひて、今は限り[6]にておはしまし[7]しほどに、東の方《かた》に前《さき》追ふ[8]音のすれば、御前《おまへ》にさぶらふ人たち[9]、「誰《たれ》ぞ」などいふほどに、「東三条殿《とうさんでう》の大将殿《だいしやうどの》[10]参らせ給ふ[11]」と、人の申しければ、殿[12]聞かせ給ひて[13]、「年頃なからひよからずして[14]過ぎつるに、今は限りになりたると聞きて、とぶらひにおはするにこそは「あらめ」[15]とて、御前なる苦しきもの[16]取りやり、大殿籠《おほとのごも》り[17]たる所ひきつくろひなどして[18]、入れ奉らむとて[19]待ち給ふに、「早く過ぎて内へ[20]参らせ給ひぬ[21]」と人の申すに、いとあさましく[22]心憂くて[23]、御前にさぶらふ人々もをこがましく思ふらむ[24]。「おはしたらば[25]、関白など譲ることなど申さむとこそ思ひつるに、かかればこそ[26]年頃なからひよからで過ぎつれ。あさましく安からぬ[27]ことなり」とて、限りのさまにて臥し給へる人の、「かき起こせ」

1 この殿たち　兼通と兼家
2 年頃　数年来。長年
3 官位　官職と位階
4 御中あしくて　御仲が悪くて
5 堀河殿　兄の兼通。この時、関白太政大臣
6 限り　臨終。危篤
7 おはしまし　いらっしゃった
8 前追ふ　先払いをする
9 御前にさぶらふ人たち　病床の兼通の前にお控えしている人たち
10 東三条殿の大将殿　弟の兼家。この時、大納言で右大将も兼任する
11 参らせ給ふ　参上なさる
12 殿　堀河殿（兼通）
13 聞かせ給ひて　お聞きになって
14 なからひよからずして　（兄弟の）仲が良くなくて

とのたまへば、[28]人々あやし[29]と思ふほどに、「車に装束《さうぞく》せよ。御前《ごぜん》もよほせ[30]」と仰せらるれば、もののつかせ給へるか、[31]現心《うつしごころ》[32]もなくて仰せらるるかと、あやしく見奉る[33]ほどに、御冠《かぶり》召し寄せて、装束などせさせ給ひて、[34]内へ参らせ給ひて、陣のうち[35]は君達《きんだち》にかかりて、[36]滝口の陣の方より、〔帝の〕御前へ参らせ給ひて、昆明池《こんめいち》の障子《さうじ》のもとにさし出《い》でさせ給へるに、[37]昼《ひ》の御座《おまし》[38]に東三条の大将、〔帝の〕御前にさぶらひ給ふほどなりけり。

この大将殿は、[39]堀河殿すでに失《う》せさせ給ひぬ[40]と聞かせ給ひて、内に関白のこと申さむ[41]と思ひ給ひて、この殿の門《かど》を通りて、[42]〔内裏に〕参りて〔帝に〕申し奉るほどに、堀河殿の目をつづらかに[43]さし出《い》で給へるに、帝も大将もいとあさましく思し召す。[44]大将はうち見るままに、[45]立ちて鬼の間《ま》[46]の方におはしぬ。関白殿、〔帝の〕御前についゐ給ひて、[47]御気色《みけしき》いとあしくて、[48]「最後の除目《ぢもく》[49]行ひに参り給ふるなり」[50]

---

15 とぶらひにおはするにこそは〔あらめ〕　御見舞いにいらっしゃるのであろう
16 苦しきもの　見苦しいもの
17 大殿籠りたる　おやすみになっている
18 ひきつくろひなどして　見た目よく整えるなどして
19 入れ奉らむ　（兼家さまを迎え）入れ申し上げよう
20 早く過ぎて内へ　すでに（兼家さまは邸前を）通り過ぎて内裏へ
21 参らせ給ひぬ　参上なさいました
22 あさましく　驚きあきれた
23 心憂くて　不愉快に思って
24 をこがましく思ふ　間の抜けたぶざまなことだと思う
25 おはしたらば　（弟が病気見

とて、蔵人頭《くらうどのとう》召して、[51] 関白には頼忠《よりただ》の大臣[52]〔をなし〕、東三条殿の大将をとりて、[53] 小一条の済時《なりとき》の中納言を大将になしきこゆる[54]宣旨《せんじ》下して、東三条殿をば治部卿《ぢぶきやう》[55]になしきこえて、〔内裏を〕出《い》でさせ給ひて、ほどなく失《う》せ給ひしぞかし。

心意地《いぢ》にておはせし殿にて、[56] さばかり[57]限りにおはせしに、ねたさに[58]内に参りて申させ給ひしほど、こと人すべうもなかりしことぞかし。[59] されば、東三条殿の官《つかさ》取り給ふことも、[60] ひたぶるに[61]堀河殿の非常《ひざう》の御心[62]にも侍らず。ことの故《ゆゑ》は、かくなり。

（『大鏡』中「太政大臣兼通」）

舞いに）いらっしゃったならば

26 かかればこそ　このように、病気見舞いもせず、邸の前を通り過ぎるような態度であるから

27 安からぬ　心穏やかではない。腹立たしい

28 のたまへば　おっしゃるので

29 あやし　変だ。妙だ

30 車に装束せよ。御前もよほせ　車にしたくせよ。先払いの者を用意せよ

31 もののつかせ給へるか　物《もの》の怪《け》がお憑《つ》きになったのか

32 現心　正気

33 見奉る　見申し上げる。拝見する

34 装束などせさせ給ひて　（宮中出仕の）装束をお召しになって

35 陣のうち　内裏の門のなか

36 君達にかかりて　（兼通の）子息の肩にもたれて

37 さし出でさせ給へるに　（兼通さまが）お出《い》でになったところ

38 昼の御座　清涼殿にある天皇の昼の御座所

39 この大将殿は　弟の兼家さまは

40 失せさせ給ひぬ　お亡くなりになった

41 内に関白のこと申さむ　帝に関白就任のことを申し上げよう

42 この殿の門を通りて　堀河殿（兼通）の邸の門前を通って

43 堀河殿の目をつづらかに　堀河殿（兼通）が怒気満面にかっと目を見開いて

44 あさましく思し召す　あきれたことだとお思いになる

45 大将はうち見るままに　大将（兼家）は（兼通さまを）見るとすぐに

46 鬼の間　清涼殿西廂《にしびさし》の南端の部屋

47 ついゐ給ひて　かしこまってお座りになって

48 御気色いとあしくて　ご機嫌がたいそう悪くて

49 除目　官吏の任命

50 参り給ふるなり　参上いたしました

51 蔵人頭召して　蔵人の頭をお呼びになって

52 頼忠の大臣　左大臣藤原頼忠

53 東三条殿の大将をとりて　東三条殿（兼家）の大将職を取り上げて

54 なしきこゆる　任命申し上げる

55 治部卿　治部省の長官

56 心意地にておはせし殿にて　意図したことはやり通さずにはおかなかった人でいらっしゃって

57 さばかり　あれほど

58 ねたさに　いまいましさ故に。しゃくにさわって

59 こと人すべうもなかりしこと　「異人《ことひと》」（他の人）は為《な》し得《う》るはずもなかったことですよ

60 東三条殿の官取り給ふこと　東三条殿（兼家）の官職をお取り上げになったこと

61 ひたぶるに　まったく。ただもう

62 非常の御心　（非道・非情の）異常な心

第七回 『更級《さらしな》日記』——物語と猫と姉妹

1

『更級日記』について誰もが知っていることは、その作者は少女時代に『源氏物語』に夢中になった人であったということではないでしょうか。

『源氏物語』がまさに世に出始めた寛弘《かんこう》五年（一〇〇八）に作者は京の都で生まれています。父菅原孝標《すがわらのたかすえ》が上総《かずさ》の国（千葉県中部）に国司として赴任したために、作者は十歳から十三歳まで上総で成長しますが、そんな「東路《あづまぢ》の果て」でも「光源氏の物語」の話を少しは聞くことができました。ともに上総に赴いた姉と継母《ままはは》が「その物語、かの物語、光源氏のあるやうなど、ところどころ」を語ったりしてくれたからです。

継母と姉は作者の精神的な成長に大きく関わった人物と考えられます。姉の存在が作者にとって大きかったことは後で述べることとして、継母について分かっていることをここで簡単に述べておきましょう。

継母は作者の父に従って上総に赴く以前に「宮仕へせし」人でした。都の上流貴族の生活、貴顕の人々の交際を間近に見て知っていた女性だったのです。上総から都に帰ると作者の父とはすぐに別れて彼女は出て行きますが、別れの際に作者と交わした言葉・歌を見ると、継母は作者を心やさしい少女だと見ていますし、作者にとって継母はいつまでも側に居て頼りにしていたい人だったようです。二人の心の繋がりはとても深いものであったように思われます。

後に、この継母は上総大輔《かずさのたいふ》の女房名で後一条天皇中宮威子に再出仕し、その歌は勅撰集の『後拾遺和歌集』に一首だけですが入集しています。『後拾遺集』の彼女の歌を見ると、明るく知的な歌です。女房として一流の教養を身に具《そな》えた華やかな女性だったように思えます。この世に高貴な人々の織りなす「物語」という魅惑的な世界があることを作者に気づかせ、その扉を自分で開くように促した人は、この継母であったことは間違いないようです（継母と離れ離れに暮らすようになっても手紙・歌のやり取りは長く続きました）。

作者が『源氏物語』にどれだけのめり込んだか、『源氏物語』がどれだけ彼女を熱狂させたか、これは作者を知る上で欠かせないことですので、有名な話ではありますが、よく見ておきましょう。

上総から都に戻ってくると、作者はすぐに母親（実母）に「物語もとめて見せよ、見せよ」とせがみます。親戚の人のつてで、数冊の物語が手に入り、夜となく昼となく耽読しますが、もっと読みたい意欲がかき立てられるばかりです。

十四歳になった三月、乳母《めのと》が亡くなり、また習字のお手本を書いた人として深い親しみを抱いていた「侍従の大納言の御むすめ」が十五歳で亡くなることがあり（あとで読むことになる本文の冒頭にもこの事が出てきます）、物語を読みたい気持ちが一時的に失せることもありましたが、悲嘆に沈む作者を慰めようと、母親が『源氏物語』の一帖（たぶん「若紫」の巻）を入手し、作者に与えます。当然、続きが読みたくて仕方ありませんが、都で有力なつてもない作者一家にとって『源氏物語』五十四帖を入手することは難しいことであったようです。作者は「この源氏の物語、一の巻よりしてみな見せたまへと、心のうちに祈る」しかありませんでした。

そんなある日、「田舎より（京に）のぼりたる」叔母が作者に「あなたが欲しがっているものを差し上げましょう」と言って、いきなり「源氏の五十余巻」をプレゼントしてくれます。そのときの作者の喜びようといったら――ここはどうしても原文を見ておかなければなりません。

一《ひと》ふくろとり入れて、得て帰るここちのうれしさぞいみじきや。はしるはしる、わづかに見つつ心も得ず心もとなく思ふ源氏を、一の巻よりして、人もまじらず几帳《きちやう》の内にうち臥して、引き出《い》でつつ見るここち、后《きさき》の位も何にかはせむ。昼は日暮らし、夜は目の覚めたる限り、灯《ひ》を近くともして、これを見るよりほかのことなければ、おのづからそらにおぼえ浮かぶ（「はしるはしる」とは「胸をどきどきさせながら」といった意味で、「引き出でつつ見る」にかかる言葉です）。

「后の位も何にかはせむ」という言葉は強烈です（この言葉だけはよく知っているという方も多いのではないでしょうか）。『源氏物語』を読むことができる感動に比べれば、「お后の位も何になろうか、いや、問題にもならない」という言いざまは、作者の精神が完全に『源氏物語』の世界に引き込まれていることを示すものでしょう。本を開かなくても『源氏物語』の文章が頭に浮かんでくるというのですから、そののめり込みようは尋常なものではありません。

このように「物語のことを、昼は日暮らし思ひ続け、夜も目の覚めたる限りは、これをのみ心にかけ」ているような日々を過ごして、ほぼ一年が経つ、作者十五歳のときのことが、これから紹介する場面です。

2

春三月、桜が咲き散る頃になると、作者は昨年亡くなった乳母のことが思われてなりません。乳母は作者が生まれて以来、常に側にいて世話をしてくれた人です。上総にも一緒に同行していました。そんな乳母がいなくなって早《はや》一年、不在の悲しみをかみしめるとともに、思い出は尽きることなく、作者はただ涙するしかなかったのです。

そして、三月はまた「侍従の大納言の御むすめ」が亡くなった月でもありました。作者が上総から上京したとき、作者の父は「これ手本にせよ」と言って、大納言の姫君の「手（筆跡）」を作者に与えたのでした。その筆跡は「言ひ知らずをかしげにめでたく書きたまへる」もので、そんな素敵な文字を書く姫君が十五歳ではかなくもこの世を去ったのです。十四歳の作者にとって、会ったこともない高貴な姫君ではありながら、残された「手」を見るとわけもなく悲しくなるのでした。

この大納言の姫君は亡くなる三年前、十二歳で、藤原道長の子息である十四歳の長家《ながいえ》と結婚し、二人は光源氏と若紫にも喩えられるような若くてかわいらしい夫婦でした。それ故に、結婚においても大納言の姫君は作者にとって憧れの人であったのです。姫君の死を悼むだけではなく、幼妻とも言っていい妻を亡くした長家に深く作者は同情しています。若紫を失った光源氏を想像して、長家のつらい心中を作者は察したのではないでしょうか。

春にはそんな昨年の悲しいことを思い出したりしながら、やがて夏を迎え、作者は相変わらず夜遅くまで物語を読みふける毎日を過ごしています。そんな陰暦五月（今の六月）のある夜更け、どこからともなく美しい猫が作者の住む邸にものやわらかな鳴き声とともに現れます。

猫は平安貴族にとって舶来の貴重な愛玩動物でした。『源氏物語』では物語の展開に猫が大事な役割を果たしていますし（「若菜」上・下）、『枕草子』には帝に可愛がられる、五位の位を持つ猫も登場します。

野良猫ではあり得ませんから、「いったいどこの邸から迷い込んできた猫だろう」と作者は思うのですが、作者の姉は「とても素敵な猫だから、よその人には教えず、私たちで飼うことにしよう」と言います。

『更級日記』の冒頭において、上総の地で「その物語、かの物語、光源氏のあるやう」などを継母とともに作者に語ってくれた姉がここに登場します。作者と歳がいくつ離れた姉であったのか分かっていませんが、作者にとって興味深いお話を聞かせてくれる人であったのですから、二つ三つの歳の差ではなく、少なくとも四つ、五つは歳の離れた姉であったのではないでしょうか。

今回取り上げた文章（姉と猫を飼う話）の後に、姉に関する話が続きます。そこで分かるのは、姉は結婚している人だということです。この時代の結婚形態は基本的に「通い婚」ですから、姉は作者と同じ邸に住みながら、ときどき夫の通ってくる身の上なのでした。独身の作者と夫持ちの姉、そういう関係からも十五歳の作者にとって姉は精神的上位者であるだけでなく、実人生においても先を歩む人であったと考えられます。

作者と姉とで飼うことになった猫は、たいそう人馴れた様子で側にいつもいるのでした。『更級日記』に描かれたこの猫の様子は、十九年前、私自身が猫を初めて飼い始めたときのことを思い起こさせます。生まれて半年くらいの猫でしたが、わが家に連れてこられたその日からわが家の主《ぬし》のような落ち着き払った様子でした。

もとの飼い主がこの猫を捜していはしないかと心配して、作者と姉は隠して飼うのですが、この猫は家の召使いの者のいる辺りには寄りつかず、ずっと作者たちの側にばかりいて、食べ物もきたならしいものは顔を背けて食べようとはしません。何か高貴な人のみが具える品格を漂わせる猫なのでした。

そんな猫を姉と妹（作者）は興味深くもまたかわいらしくも思い、いつも近くにつきまとわせていましたが、姉が病気になるときがあり（後で姉には子どもがいることも分かりますので、これは妊娠によるつわりといったものなのかも知れません）、何かと家の中が取り込んでいたので、猫を召使いの住む北向きの部屋にいさせて、姉妹のいる部屋には呼ばないでいると、猫がやかましく鳴き騒ぎます。しかし、それもただいつもと違う部屋に置かれて鳴くのだろうくらいに思っていたのですが、病気で寝ていた姉がはっと目を覚まして「猫はどこ。こちらへ連れてきて」と言います。「なぜ」と作者が問うと、姉は今の今まで見ていた夢の話をします。

「夢にこの猫が現れて、『私は侍従の大納言の娘で、今このように猫に生まれ変わっているのです。しかるべき前世からの縁があって、この家の妹君（作者）が私のことを無性にいとおしんで思い出して下さるので、ほんのしばらくの間ここにおりますのに、この頃は召使いたちの中にいさせられて、とてもつらいことです』と言ってひどく泣く様子は、気品があっていかにも美しい人だと見えたのですが、はっと目覚めてみると、この猫の声であったので、たいそう心にしみたのです」と。

この姉の夢は何の疑いもなく、深い感慨をもって作者に受け入れられます。それは、作者がこの美しい迷い猫に感じていた不思議な魅力の謎を解き明かしてくれる見事な解釈であったからでしょう。美しい書《しょ》の手本を残して、娘盛りもこれからという十五歳の若さではかなくも亡くなった姫君。彼女への変わらぬ自分の思いを考えると、その姫君が生まれ変わって気品ある美しい猫として自分の前に現れてくれたというのは、不信の念など入り込む余地もない確かなことだと思われたに違いありません。

この姉の夢を聞いた後は、猫を北向きの部屋にいさせることもなく、側に置いて大切に世話をすることになりました。一人で部屋にいる作者の所に猫がやって来て、作者と向かいあわせにちょこんと座るので、猫の頭を撫でながら「侍従の大納言の姫君がここにいらっしゃるのですね。大納言さまにお知らせ申し上げねばなりませんね」と話しかけると、作者の顔を見つめたまま猫は穏やかに鳴くのでした。そう思って見るせいか、やはり普通の猫とは違っていて、作者の言うことを分かっているような顔をしているのが作者には心にしみるのでした。

3

古文で紹介するのは右の五月の出来事を述べたくだりですが、同じ年の七月十三日の夜の出来事がすぐ後に記されています。家の者がみな寝静まった夜中、作者と姉と二人だけ起きていて、姉は月が皎々《こうこう》と照る夜空を見上げて、「今この時、私がどこへともなく飛び去ってしまったら、あなたはどう思うかしら」と、作者がちょっとうす気味わるく思う（それは姉の不吉な未来を予告するものであったのですが）ことを尋ねたりします。

姉妹二人だけの密やかな会話を交わしていたそんな夜更け、すぐ近くの邸の前に牛車が止まり、供人に「荻《をぎ》の葉、荻の葉」と女の名を呼ばせる声がします。それを作者と姉は聞いてそれぞれに歌を詠みます。作者は、男が呼びかけているのに「荻の葉」はなぜすぐに返事をしないのかと女を責める歌を詠み、姉は、「荻の葉」が返事をするまでなぜ男は呼び続けないのかと男を責める歌を詠みます。片や恋を夢見る乙女の歌、片や男のつれなさを知る既婚女性の歌という対照的な歌なのですが、歌の内容のコントラストよりは、偶然的な出来事を前にして姉妹が歌を詠み合うという作者と姉とのこの深い結びつきこそ注目すべきことのように思われます。

日記には、白楽天の長詩「長恨歌」を和文の物語に書き改めたものを作者は何とかつて、を求めて手に入れて読んだこと、また姉は生前『かばねたづぬる宮』という物語を懸命に探していたことも記されています。

作者と姉とは、ともに東国への旅を経験し、この時代の入手できる限りの物語をともに読み、ともに語り、ともに歌を詠み、そしてともに大納言の姫君の生まれ変わりと思える猫を深くいとおしむ仲なのでした。このような心の奥で深く結び合った姉との暮らしの中で、向かい合って座る猫に作者は「大納言の姫君」と呼びかけ、猫も「聞き知り顔に」もの柔らかに鳴いて応じたと描いています。ここには穏やかで実に自由な時間が流れているように思えます。

『更級日記』の作者は、物語にのめり込んだ日々が今は心から悔やまれるといったことを後に書き連ねていますが、十代の作者が姉とともに生きた日々は、潑剌《はつらつ》とした精神で自由に物語世界に飛翔し、自分の身近な現実世界においても自分の目でよく見、深く交わった、おそらく作者の人生において最も濃密な時間であったように思われます。

作者が十七歳のとき、姉は二人目の子どもを生んだ後、亡くなります。形見に残った二人の「幼き人々」を左右に寝かせて、作者は悲嘆にくれ、呆然たる思いにもなったのですが、作者自身は結婚することもなく、この二人の姪を成人し宮仕えをするようになるまで十五年もの長きにわたって育てたのでした（作者は当時としては極めて遅く三十三歳で結婚します）。姉への思いがどれほどのものであったかは、これによっても知られるのではないでしょうか。

それでは原文を以下に示すことにしましょう。

花の咲き散る折《をり》ごとに、乳母《めのと》亡くなりし折ぞかしとのみあはれなるに、同じ折亡くなり給ひし侍従の大納言[1]の御むすめの手[2]を見つつ、すずろに[3]あはれなるに、五月《さつき》ばかり、夜更《ふ》くるまで物語を読みて起きゐたれば、来《き》つらむ方《かた》も見えぬに、猫のいとなごう[4]鳴いたるを、おどろきて見れば、いみじうをかしげなる[5]猫あり。いづくより来つる猫ぞと見るに、姉なる人、「あなか

1 侍従の大納言　藤原行成《ゆきなり》。三蹟の一人。大納言になる以前、長く侍従であったので「侍従の大納言」と呼ばれた
2 手　文字。筆跡
3 すずろに　むしょうに。むやみやたらに
4 なごう　ものやわらかに。「なごう」は「なごく（和く）」の音便形
5 をかしげなる　かわいらしい。美しい。素敵な
6 あなかま　しっ、静かに
7 尋ぬる　捜し求める

ま、[6]人に聞かすな。いとをかしげなる猫なり。飼はむ」とあるに、いみじう人馴れつつ、かたはらにうち臥したり。尋《たづ》ぬる人やあると、[7]これを隠して飼ふに、すべて下衆《げす》[8]のあたりにも寄らず、つと[9]前にのみありて、物もきたなげなるは、ほかさまに[10]顔を向けて食はず。姉おとと[11]の中につとまとはれて[12]、をかしがり[13]らうたがる[14]ほどに、姉のなやむ[15]ことあるに、ものさわがしくて、この猫を北面《きたおもて》[16]にのみあらせて呼ばねば、かしがましく[17]鳴きののしれども[18]、なほ[19]さるにてこそは〔あらめ〕[20]と思ひてあるに、わづらふ姉おどろきて[21]、「いづら[22]、猫は。こち率《ゐ》て来《こ》[23]」とあるを、「など」[24]と問へば、「夢に、この猫のかたはらに来て、『おのれは侍従の大納言殿の御むすめの、かくなりたるなり。さるべき縁[25]のいささかあり

---

8 下衆　身分の低い者。召使い
9 つと　じっと。ずっと
10 ほかさま　よそのほう
11 おとと　兄弟姉妹の中で年少の者。ここでは作者を指す
12 まとはれ　付いて離れない
13 をかしがり　面白がり
14 らうたがる　かわいがる
15 なやむ　病気になる
16 北面　北向きの部屋。召使いの住む所
17 かしがましく　やかましく
18 鳴きののしれども　鳴き騒ぐけれども
19 なほ　やはり
20 さるにてこそは〔あらめ〕　そうであるのであろう（北面にばかりいさせるからだろう）
21 わづらふ姉おどろきて　病気の姉が目を覚まして
22 いづら　どこ
23 こち率て来　こちらへ連れてきて

て、この中《なか》の君《きみ》[26]のすずろにあはれと思ひ出《い》で給へば、ただしばしここにあるを、この頃下衆のなかにありて、いみじうわびしきこと[27]』と言ひて、いみじう泣くさまは、あてに[28]をかしげなる人と見えて、うちおどろきたれば[29]、この猫の声にてありつるが、いみじくあはれなるなり」と語り給ふを聞くに、いみじくあはれなり。その後《のち》は、この猫を北面にも出《い》ださず、思ひかしづく[30]。ただ一人ゐたる所に、この猫が向かひゐたれば、かいなでつつ[31]、「侍従の大納言の姫君のおはするな[32]。大納言殿に知らせ奉らばや[33]」と言ひかくれば、顔をうちまもりつつ[34]なごう鳴くも、心のなし[35]、目のうちつけに[36]、例の[37]猫にはあらず、聞き知り顔に[38]あはれなり。

（『更級日記』）

---

24 など　なぜ
25 さるべき縁　前世からの宿縁
26 中の君　二番目の姫君。ここでは作者を指す
27 わびしき　つらい
28 あてに　高貴で。上品で
29 うちおどろきたれば　はっと目を覚ましたところ
30 かしづく　大切に世話をする
31 かいなでつつ　（猫の頭を）撫でながら
32 おはするな　いらっしゃるのだなあ
33 知らせ奉らばや　お知らせ申し上げたい
34 うちまもりつつ　見つめながら
35 心のなし　思いなし
36 目のうちつけに　ちょっと見たところ
37 例の　普通の
38 聞き知り顔に　いかにも聞いて分かっているような顔で

第八回　『閑居友《かんきよのとも》』——世塵の中で道を求めた僧

1

空也上人《くうやしようにん》というと、六体の阿弥陀仏の小像が「はぁー」と開けた空也の口から出てくる「空也上人立像」を思い浮かべる方が多いのではないでしょうか。首から鉦《かね》を下げ、右手は鉦を叩くための撞木《しゆもく》を持ち、左手は鹿の角《つの》の付いた杖を握っています。足はわらじ履《ば》きです。顔は少し上に向けられ、目は開いているようないないようなさまで、苦悩の表情で虚空を見つめているようにも見えますが、阿弥陀仏像が上人の口から現れ出ているということは、煩悩ゆえの衆生の苦は阿弥陀仏にすがるしか救いはないと、口に阿弥陀仏の名号を唱え、心に阿弥陀仏をひたすら念じている姿と見るべきなのでしょう。ひたむきに何かに没入している痩身の姿は、まさに念仏僧空也の姿を現したものなのでしょうか。しかし、これから紹介する空也上人は、庶民に念仏をすすめ、貴賤を問わず幅広い帰依者を得たという空也の姿ではありません。また、諸国を巡って、道路を開き橋を架けるなどの社会事業をしたという空也の姿でもありません。

鎌倉時代初期に慶政《けいせい》という僧によって書かれた仏教説話に『閑居友《かんきよのとも》』という作品があります。『閑居友』は上下巻からなり、上巻二十一話、下巻十一話で、岩波書店の「新日本古典文学大系」でも百ページ足らずの比較的短めの仏教説話ですが、その上巻の四に「空也上人、あなものさわがしやとわび給ふ事」という話があります。その話の中での空也上人は意想外の行動に出て、思いがけない言葉を語ります。そこで、これを紹介し、空也もまた「自由人」の一人ではなかったかということを申し述べたいと思います。

空也上人(九〇三~九七二)は、「市《いち》の聖《ひじり》」の名の通り、多くの人々が生活する中にあって僧として実践的な活動をした人ですが、『閑居友』によれば、ある時期までは「山の中におはしける」ということです。弟子も「あまたありける」とありますので、山の中の一寺院を彼は主宰し営んでいたということになります。そんな空也が常に口にしていた言葉が「あなものさわがしや」でした。「ああ何やら騒々しいことよ」というのが、空也の口癖であったというのです。これがどういう意味で発せられた言葉なのかは後で分かってきますが、そう言われた弟子たちは戸惑いながらも（山の中はひっそりとして、騒がしいはずもないのですから）、少しの物音も立てないように気をつけていました。すると、ある日、空也は忽然と姿を消してしまいます。弟子たちは考えられる限りの所を捜し求めましたが、師を捜し当てることもできなくて数ヶ月が経ちます。師もいないまま山寺にいるわけにもいきませんので、弟子たちは思い思いに散っていきました。

こうした中で、ある弟子が用事があって、京の街中の市《いち》に出向いておりましたところ、みすぼらしい薦《こも》（むしろ）を引き回《めぐ》らしてある乞食小屋のような所に人のいる気配がして、その前には、通行人から施しの食べ物を受けるためのものと思われる「普通ではない鉢（破損した鉢）」が差し出して置かれていました。「どんな素性の人が中にいるのだろう」と弟子は興味深く思って近寄って見たところ、何とそこにいたのは数ヶ月前に行方をくらました「我が師」でした。弟子は驚きあきれ、「上人は山寺でいつも騒々しいとおっしゃっていたのに、姿をお隠しになった後に、こんな大勢の人が混み合う中に交じって暮らしていらっしゃるとはまったく思いも寄りませんでした」と言います。弟子がそう言ったのは至極もっともなことであったでしょう。

この弟子の疑問に空也がどう答えたか。ここにこの文章のおもしろさのすべてがありますが、空也は三つのことを挙げて、「もとの住処《すみか》（山寺）」より、市の中のほうが「ものさわがしく」なく、心落ち着く静かな所だと言います。その一つ一つを見ていきましょう。

空也はまずこう言います。「もとの住処はもの騒がしい所であったが、この辺りはたいそうのどかで、以前に増して私の心も澄んでいる。かつて山寺でおまえたち弟子を育もうとあれこれ思い巡らしていた私の心の中のもの騒がしさを推察するがよい」と。

たくさんの弟子を指導しつつ一つの寺を維持管理運営していくことがいかに煩わしいことであったか、今はそれらの雑事から解放されてどんなにさっぱりしたかと言っているのです。こんな率直な言葉は現代でもめったに聞けるものではないように私には思われます。要するに、私は指導者、教育者、経営者などではありたくなかった、ただ一人の求道者でありたかったのだと宣言している言葉だと思います。

空也のこの姿勢は、長年にわたって受験生の指導に当たってきた私などには深く心に響くというか深く考えさせられるものがあります。熱心な指導者である前に、まず自らが道を求めてやまないものであれと迫っているのだと思えるのです。仏語に「上求菩提《じょうぐぼだい》、下化衆生《げしゅじょう》（上に向かってはひたすら道を求め、下に向かってはすべての人を救済していく）」という言葉がありますが、「下化衆生」はそれだけであり得るのではなく、「上求菩提」の心が自らにあって初めて「下化衆生」はなし得るのだと、空也の言葉は教えているように私には思えます。

次に、空也が二番目に言ったことに耳を傾けましょう。

「この市の中では、破損した粗末な鉢でも差し出して待っていれば、食べ物は自然と手に入って、少しも食べるのに困るということがない。それで、他のことに心が散ることがなく（仏道修行できる故に）、ここはこの上もなくすばらしい所である」

多くの人で賑わう所で暮らしていれば、施しを受ける機会も多く、生きていく上での基本の確保に煩わされることがないというのです。私たちは衣食住という生活の基本要件を手にするためにあくせく日々働いていますが、それはある見方からすれば、「心散る」ことばかりしているということになるのでしょう。空也は薦を引き回らしただけのみすぼらしい乞食小屋のような所を住まいとし、「衣《ころも》」はただ僧服をまとっていればそれでよく、その上、食べ物が何の苦労もなく手に入るのだったら、こんないい所はない。なぜなら、「心散るかたなく」僧としてなすべきことに「ひとすぢに」専念できるのだからと言っているのです。ここには可能な限り生活の煩わしさから離れて、仏の道を求める者でありたいという強い姿勢があります。

三番目に空也が言うのは次のことです。「白髪頭《しらがあたま》になってまで世事に奔走している人たちがいる。また、目先の利益のため嘘《うそ》偽りをたくらみ、後々ひどく後悔するかも知れないのに、自分の来世がどういうものになるかを考えもしない人がいる。これらを見ると、私は悲しみの涙を流しても流しても尽くしようがない。しかし、それが「観念」の行《ぎょう》を行う手がかりとなる（「観念たよりあり」）。よって、私の心は静かであり、そういう意味でもここはこの上もないすばらしい所である」と。

市の中で暮らすことの良さは、第一には弟子を育てることに頭を悩ませなくてよいということであり、第二には食べ物を手に入れる苦労をせずに済むということでありました。それはともに煩わしさからの解放を喜ぶものでしたが、三番目に言っていることは、僧として積極的に市の中にあることの意味づけをするものです。この市の中でこそ見えてくるものがあり、それが僧として持つべき「観念」をいよいよ確かなものにすることを求めてくる、そして、その「観念」が揺るがないものであるとき、心は落ち着いた乱れないものとなる。それ故に、この市という場はすばらしい所だというのです。

市は多くの人々が精力的に活動する所です。そこは生まれてから死ぬまでこの世の名利《みょうり》を求めてあさましく動いてやまない人間の生々しい姿を見ることができる場所でした。

執《しゅう》にほだされた彼らの来世はいかなることになるのか。現世の名利から心が離れようがなく、死後の魂の行く末など気遣う暇もない人々を思うとき、空也は涙を止めることができなかった。だからこそまた空也は、その対極にある永遠なるものを確信しようと心を固める「観念」の行《ぎょう》に打ち込まなければならなかったのだと思います。

もう少し「観念」の意味を考えてみましょう。仏教を深く信仰することも、仏教を本気で学びの対象にしたこともない私に仏教の奥義が分かるはずもありませんが、おそらく天台宗の根本的な修行である「摩訶止観《まかしかん》」に繋がる瞑想法なのではないかと思います。辞書には、仏教用語としての「観念」は「精神を集中し、仏や浄土の姿を心に思い描き思念すること」とありますが、『方丈記』にある次の表現が「観念」という言葉をより具体的に理解させる手がかりを与えてくれるように思われます。

「（わが方丈の住まいは）西晴れたり（西側の見晴らしがきく）」。それで、「観念のたより、なきにしもあらず（西方極楽を観念する手がかりがないことはない）」と。

わが住まいからは落日を見ることができるので、西方極楽浄土を観念し、往生を願う行《ぎょう》ができるというのです（これを「日想観」と言うようです）。

こういうことも参考に、空也が三番目に言ったことをもう一度考えてみると、来世で救われそうもない現世の人間の有り様《よう》を目の前にまざまざと見るが故に、空也は阿弥陀仏を信じる信仰者として、極楽浄土をありありと心に深く思い描くことができる者であろうとした、ということなのではないでしょうか。市が人間の欲にまみれた俗塵雑踏《ぞくじんざっとう》の場であるからこそ、それは空也にとって浄土がなくてはならないことを確信させる場であったのではないでしょうか。

『閑居友』を読んでいると、「臨終正念《しょうねん》」という言葉に幾度も出会います。この世の生を今まさに終えんとするにあたっては、妄念が入り込むことなく「正念」、すなわち正しい観念を揺るぎなく持って死を迎えることが大事なことなのでした。そうして初めて極楽浄土に転生することもできると考えられました。それは逆に、人が死に臨んで最後まで「正念」を持ち続けることがいかに難しいことであったかを語ってもいるのでしょう。だからこそ目を閉じて心を静め想念を集中させる常坐三昧の「観念」の修行も求められたのではないかと思われます。

空也の話を聞き終えた弟子は「涙に沈み」、空也がこのように語ったことを後で聞いた人（おそらく他の弟子）もしゃくりあげて泣いたということですが、これは一見奇異な感じがします。なぜなら、空也の話は普通に人が涙ぐむような話だとは思えないからです。涙を流した弟子というのは、空也の心中を深く思いやることのできた極めて優れた弟子に限られただろうと私には思われます。一人の信仰者として生きるとはこういうことなのかと思い至った者だけが、張り詰めた思いの中で心を震わせたのではないでしょうか。

自分が今生きているこの現世の営みを、意識的であれ無意識のうちにであれ、まずはこれを肯定し、その中でどう生きるかを考える人と、この現世を超える絶対的な何ものかの信仰の上に立って、この世をとらえ、どう生きるかを考える人とは、世界観が異なるのですから、生き方も違ってこざるを得ないでしょう。後者のあり方に立つことは容易なことだとは思えませんが、後者のあり方をいくらかでも知ることは、人間精神の持つ自由の幅を広げてくれるように私には思われます。

阿弥陀仏信仰の空也の立場に立つとき、市はただ人々でごった返す騒がしい場所ではなくなりました。煩わしさから解放される場所であり、救いに縁なき衆生《しゅじょう》に涙する場所であり、浄土を信ずる心をいっそう確固たるものとする心静かな場所でもあったのです。空也といった信仰者はある意味で自由人の極北にいる人のように私には思えます。その自由は絶対的超越者に支えられた自由であり、常人には計りがたいものとなってしまいますが、ただまったく違うこの世のとらえ方があることを示す空也から、私たちは人生の根本要件について学ぶことができるように思います。

2

ここにもう一つ、自分の目の前の事態について、まったく違ったとらえ方をしたとき、生き方も根本から変わらざるを得なかったある男の話を紹介して終わりにしようと思います。

『閑居友』上巻の二十に「あやしの男、野原にて屍《かばね》を見て心を発《おこ》すこと」という話があります。それは、山城の国（今の京都府）にいた睦まじい夫婦の話です。情愛深かった夫は、ある時期から妻に対してよそよそしい態度を取るようになりました。夫の心変わりを別の愛人ができたせいだと考えた妻は、「こんな状態で夫婦であっても仕方がないので、ひどく歳《とし》をとらないうちに別れることにしたほうがお互いのためではないか」と提案します。

妻のこの言葉に夫は驚き、「おまえを愛する気持ちは少しも変わらないのだが、ある事があって、よそよそしく感じられてならないのだ」と言い、「ある事」を正直に語ります。「以前、ある所に出かけて、野原で一休憩した折、死んだ人の頭の骨があったのだ。じっと見ていると、男女の仲というものがつまらなくむなしく思われてきて、誰も死んだ後はこうなるのだろう。今は白骨となったこの人も生きているときは愛され慕われていたのだろう。それが今は恐ろしく気味の悪い髑髏《どくろ》となっている。わが妻もこれと同じなのであろうか、確かめてみようと思って、帰宅して、共寝《ともね》の折、おまえの顔を手で探ってみると、髑髏に他ならなかったのだ。それ以来、心も上の空のようになって、おまえが私のことを不審に思うまでになってしまったのだ」

この夫がこのままで終わったのなら、右の話は、すべてがむなしくなって鬱《うつ》になった男の話ということになるでしょうが、夫は数ヶ月後、決然とした行動に出ます。「出家の功《く》徳《どく》によって仏の国に生まれ変わろうと思う」と言って妻の前から姿を消すのです。ただ、妻への愛情を示す言葉も夫は残しました。「自分が極楽浄土に生まれ変わることができたなら、おまえへの愛情の証しとして、必ずやまたこの世に戻ってきて、おまえを極楽にお連れするようにしたい」と。ここでは夫婦の情愛は、夫婦ともに「同じ蓮《はちす》」に生まれ変わらんとする異次元の愛に変容されています。
髑髏の思想に打ちのめされ身動きできなくなった男を、そこから解き放ったのは信仰でした。信仰はある見方からすれば絶対的何ものかにとらわれてしまうことなのかも知れませんが、信仰は根底からもののとらえ方を変え、今置かれた状況に束縛され続けることなく、まったく違う生き方があり得ることを教えます。信仰は人に精神と行動の自由を与える力となり得るということ、それが今回、私が『閑居友』を読み通して学んだことだと言えるように思います。

それでは、空也を主人公とする『閑居友』の原文を以下に示すことにします。

昔、空也《くうや》上人《しやうにん》、山の中におはし[1]けるが、常には「あな[2]ものさわがしや」とのたまひければ[3]、あまた[4]ありける弟子たちも、慎みてぞ侍りける[5]。たびたびかくありて、ある時、かき消《け》つ[6]やうに、失《う》せ給ひにけり[7]。心の及ぶほど尋《たづ》ね[8]けれども[9]、

---

1 おはし　いらっしゃる（「あり」の尊敬語）
2 あな　ああ（感動詞）。「ものさわがしや」の「や」は詠嘆を表す
3 のたまひければ　おっしゃったので
4 あまた　たくさん
5 侍りける　いました（「侍り」は「あり」の

さらに[10]え遇《あ》ふこともなくて[11]月ごろ[12]になりぬ。さてしもあるべきならねば[13]、みな思ひ思ひに散りにけり。

かかるほどに[14]、ある弟子、なすべきことありて、市《いち》に出《い》でて侍りければ、あやしの薦《こも》[15]ひきまはしたる中に、人あるけしき[16]して、前に異《こと》やうなるもの[17]さし出《い》だして、食ひ物のはしばし[18]受け集めて置きたるありけり。「いかすぢの人[19]ならむ」と、さすが[20]ゆかしくて[21]さし寄りて見たれば、行方《ゆくへ》なくなして[22]し我が師にておはしける。「あなあさまし。[23]ものさわがしきとのたまはせしう[24]へに、かきくらし給ひてし後《のち》[25]は、ふつに[26]世の中にまじらひていまそかるらん[27]とは思はざりつるを[28]」といひければ、「もとの住処《すみか》のものさわがしかりしが、このほどは[29]いみじうのどかにて、

丁寧語）
6　かき消つ　「かき消す」と同じ
7　失せ給ひにけり　いなくなってしまわれた
8　心の及ぶほど　考えられる限りの所
9　尋ねけれども　捜し求めたけれども
10　さらに　まったく。下の「なくて」に係る
11　え遇ふこともなくて　出会うこともできなくて
12　月ごろ　数ヶ月
13　さてしもあるべきならねば　いつまでもそうしてはいられないので
14　かかるほどに　こうしているうちに
15　あやしの薦　みすぼらしいむしろ
16　けしき　様子。気配
17　異やうなるもの　風変わりなもの（破損した鉢）
18　はしばし　あれこれ
19　いかすぢの人　どのような素性《すじょう》の人
20　さすが　何といってもやはり
21　ゆかしくて　知りたくて。心引かれて

思ひしよりも心も澄みまさりてなむ侍るなり。そこたち[30]を育み聞こえんとて、[31]とかく[32]思ひめぐらしし心のうちのものさわがしさ、ただおしはかり給ふべし。[33]この市の中は、かやうにてあやしの物[34]さし出だして待ち侍れば、食ひ物おのづから出《い》で来《き》て、[35]さらに乏《とも》しき[36]ことなし。[37]心散るかたなくて、ひとすぢにいみじく[38]侍り。また、頭《かうべ》に雪をいただきて[39]世の中を走《わし》る[40]たぐひ[41]あり。また、目の前に偽《いつは》りを構へて、[42]悔《くや》しかるべき後《のち》の世《よ》[43]を忘れたる人あり。これらを見るに、悲しみの涙かきつくすべきかたなし。[44]観念たよりあり。[45]心しづかなり。いみじかりける所なり」とぞ侍りける。弟子も涙に沈み、聞く人もさくりもよよと[46]泣きけるとなん[47]〔言ひける〕。

（『閑居友』上の四「空也上人、あなものさ

---

22 行方なく　行く先が分からなく
23 あさまし　驚きあきれたことだ
24 のたまはせし　おっしゃった
25 かきくらし給ひてし　姿を隠しなさってしまった
26 ふつに　まったく。後の「思はざり」に係る
27 いまそかるらん　いらっしゃるだろう
28 思はざりつるを　思わなかったことよ
29 このほどは　この市の辺りは
30 そこたち　おまえたち（弟子たち）
31 育み聞こえんとて　お育てしようと思って
32 とかく　あれこれと
33 おしはかり給ふべし　推測なさるがよい
34 あやしの物　みすぼらしい物（破損した鉢）
35 出で来て　やって来て。現れて
36 乏しき　不足している
37 さらに〜なし　まったく〜ない
38 ひとすぢにいみじく　ひたすら一途に仏道

わがしやとわび給ふ事」）

修行ができてすばらしく
39 頭に雪をいただきて　白髪頭となって
40 世の中を走る　世俗のことにあくせくする
41 たぐひ　似た仲間。連中
42 構へて　企てて。作り出して
43 悔しかるべき後の世　後で悔やまれるであろう来世。来世において地獄・餓鬼・畜生に落ちることになること
44 かきつくすべきかたなし　全部出し尽くすことができない。涙をいくら流しても止めようがない
45 観念たよりあり　観念の行《ぎょう》（仏や浄土を心に思い描く修法）を行う手がかり（よい機縁）となる
46 さくりもよよ　しゃくりあげて激しく泣くさま
47 となん　「となん言ひける」の「言ひける」を略した形。「～ということであった」

第九回 『発心集《ほっしんしゅう》』――笛を吹いて明かし暮らす法師

1

鎌倉時代初期に『発心集《ほっしんしゅう》』という仏教説話を編集・著述した鴨長明は音楽を愛した人でした。最晩年を彼が過ごした「方丈」の住まいには和歌や仏教関係の書物だけでなく「管弦」について記したものもあり、「をり琴・つぎ琵琶」（本来のものより簡単な作りの琴・琵琶と思われます）がいつも傍らに置かれていました。

独奏を楽しむさまが『方丈記』には次のように描かれています。

「もし余興あれば、しばしば松のひびきに秋風楽《しうふうらく》をたぐへ、水の音に流泉の曲をあやつる。芸はこれつたなけれども、人の耳を喜ばしめむとにはあらず。ひとり調べ、ひとり詠じて、みづから情《こころ》をやしなふばかりなり」

「秋風楽をたぐへ」は琴を奏でることを、「流泉の曲をあやつる」は琵琶を奏することを言ったものですが、「みづから情をやしなふ」という表現から分かることは、鴨長明にとって琴・琵琶を演奏することは、わが心を慰め、悲哀多き人生を癒やしてくれるものであったということです。

このように音楽というものを心を慰め人生に潤いをもたらすものと受け止めていた作者であればこそ、これから紹介する「永秀《えいしゅう》法師、数寄《すき》の事」は、ぜひとも『発心集』の中の一話として収められなければならなかったのではないかと私には思われます。

「永秀法師、数寄の事」は「笛を吹いて明かし暮らす法師」を描いたものです。「数寄」とは「好き」で、風流の道に深く心を寄せることです（単に「もの好き」の意味もあります）。俗事への関心がうすく、文芸・芸能などに熱心な人を古文では「好き者」「好き人」と言いますが、永秀法師は昼も夜も笛を吹くことを何よりも喜びとした「好き者」であったのです。

しかしながら、永秀法師はもちろん、鴨長明も出家者です。仏道修行に励むべき身でありながら、琴や琵琶や笛といった「道楽にうつつを抜かし」ていていいのでしょうか。

小林秀雄の「西行」という文章に次のような一節があります。

「文覚は、日頃、西行をにくみ『遁世《とんせい》の身とならば一筋に仏道修行の外他《ほか》事あるべからず、数寄をたてて、ここかしこに嘯《うそぶ》きありく條、憎き法師なり、いづくにても見あひたらば、頭を打ちわるべき由』ふれてゐた」（「遁世の身とならば」から「頭を打ちわるべき由」までの引用は南北朝時代の歌学書『井蛙抄《せいあしょう》』による）

こうした言葉からも、和歌や音楽といった「数寄」に打ち込む僧は、本来の道からはずれた「憎き法師」だという捉え方があったことが分かります。「数寄」にのめり込むのは僧としての本来のあり方に反する罪深い行為と見る見方があったわけです。

しかし、『発心集』を読んでいくと、「数寄」と仏教について、右の考えとは全く異なる考え方も示されています。

「人の心のすすむ方《かた》、様々なれば、（仏道の）勤めもまた一筋ならず」（第六の九）、「人の心同じからねば、その行ひもさまざまなり」（第六の十三）ということで、「宝日上人、和歌を詠《えい》じて行《ぎよう》とする事」という一話もあります。これは和歌を、仏道修行の一環として仏教の中に正当に位置づけようとするものです。

「和歌はよくことわりを極むる道なれば、これに寄せて心を澄まし、世の常なきを観《くわん》ぜんわざども、便《たよ》りあるべし（和歌は深い道理を極める道であるから、これに思いを寄せて心を澄まし、無常を観ずるその行為は、必ずや極楽往生の手立てとなろう）」

歌を通してこの世のはかなさを深く悟ること、それが俗世に執着する心を解き放ち、来世での往生を願う道へと導くというのですから、和歌を仏道修行の妨げだと見るのとは対極の考え方です。「聖教《しやうげう》と和歌とは、はやく一つなりけり（仏教と和歌とは実は同一であったのだ）」という恵心《えしん》僧都（源信）の言葉も引用されます。

また、琵琶を弾くことが「後世《ごせ》の勤め（来世で極楽に生まれ変わるための仏道修行）」と考える人もいました。

「大弐資通《だいにのすけみち》は、琵琶の上手なり。……さらに尋常《よのつね》の後世の勤めをせず。ただ日ごとに持仏堂に入りて、……琵琶の曲をひきてぞ、極楽に廻向《ゑかう》しける」

資通は「尋常の後世の勤め」、すなわち念仏をひたすら唱える代わりに、一心に琵琶を弾じることで極楽往生を願ったのでした。

このように、和歌・音楽を仏教の外にあるものではなく、仏教的行い・勤めと考えて、それを実践した宝日上人、恵心僧都、大弐資通といった人を紹介した後に、「数寄」を仏教的に意義づける次の言葉が語られます。

「数寄と云ふは、人の交はりを好まず、身のしづめるをも愁《うれ》へず、花の咲き散るをあはれみ、月の出で入りを思ふにつけて、常に心を澄まして、世の濁りにしまぬを事とすれば、

おのづから生滅《しやうめつ》のことわりも顕はれ、名利《みやうり》の余執《よしふ》尽きぬべし。これ出離解脱《げだつ》の門出《かどで》に侍るべし」（第六の九）

「数寄」、すなわち風流の道を極めようとする人は、俗世での栄達に心を悩ますよりは、自然の美しさやその移りゆきに深く思いを寄せる人です。彼らは人もまた自然の運行とともにはかなく過ぎゆく存在であることを深く知る故に、この世の一時的な名声や利得に目がくらむこともない。そのような「好き人」のあり方は、この世のもろもろの煩悩から解脱し、来世の平安を願う出発点にもなるというのです。

右と同じことですが、「この世の事思ひ捨てむ事も、数寄はことに便《たよ》りとなりぬべし」とも言われます。

以上見てきたように、「数寄」を出離の一つの手立てとする考え方が仏教にはあるのですが、今ここに取り上げる永秀法師は笛をひたすら吹くことで極楽浄土に生まれ変わることを願った人であったかというと、決してそうではなかったようです。彼は確かに法師ではありましたが、ただ笛が好きだったのです。笛を吹くことがわが心を自由に解き放つ故に笛を愛した、そういう意味での自由人であったと思われます。

2

では、鴨長明の描くこの自由人の姿をたどってみることにしましょう。

石清水《いわしみず》八幡宮は朝廷や貴族の信仰が厚く、行幸もたびたび行われ、源氏の氏神として武家からの信仰も集めた神社ですが、その別当（寺務総裁）藤原頼清《よりきよ》の遠い親戚に永秀法師という人がいました。家は貧しいながら、風流心のある人でした。風流心があるというのは、一般に和歌や音楽にたしなみがあることですが、彼の場合は笛（横笛）への愛着が並一通りではなく、昼も夜も笛を吹いているという、そんな風流人でした。

四六時中響く笛の音のうるささに我慢できない隣家では、だんだんと人が立ち去り、後には誰も近くに住む人はいなくなったのですが、永秀法師は少しも気にするふうもありません。ひどく貧しい暮らしではありましたが、零落した卑しい振る舞いなどはなかったので、誰も彼を軽侮するというようなことはありませんでした。

石清水八幡宮別当という栄職にある頼清は、親戚筋の者である永秀法師のそんな貧しい暮らしぶりを耳にして、気の毒に思い、使いの者を遣り、次のように言わせます。「どうして何も私におっしゃらないのですか。私がこのように八幡別当という役職におりますと、特別な縁故もない人でさえ、何かにつけて私にいろいろな願い事を申し入れ、それを聞き入れたりもしています。私を他人とお考え下さいますな。私で都合のつくようなことは、遠慮せずおっしゃって下さい」と。それに対し、永秀は、「重ね重ね恐縮に存じます。長年お願い申し上げたいと思いながら、わが身のいやしさ故に、一方では恐縮し、一方では遠慮して過ごしてまいりました。実は深く望むものがございます。早速に参上してお願いのこと申し上げようと思います」と答えました。

使いの者からこれを聞いて、頼清は、「何を望むというのであろうか。つまらない情けをかけてやって、面倒なことを頼まれることになるのか」と、同情したことを後悔し、いささか不安を覚えますが、「あのような分際の者にどれほどの望みがあろうか」と高をくくって過ごしておりますと、ある夕暮れ時に永秀法師が頼清のもとにやって来ます。すぐに頼清は対面し、「望みは何であろうか」と尋ねますと、永秀法師は、「浅からぬ所望がございまして、ずっとそのことを考えて過ごしておりましたので、先日の頼清さまからのお言葉をうれしく思い、一も二もなく早速に参上いたしました」と言います。頼清は、「これは間違いなく領地などを望むのに違いない」と思って、その望みを尋ねると、永秀法師は、「頼清さまは筑紫に領地をたくさんお持ちでありますので、漢竹《かんちく》の笛の上等なのを一つお取り寄せていただきたく存じます。これがわが身にとって最上の望みでありますが、いやしい身には手に入れがたいもので、手に入れたいと思っても長年入手できないでおりました」と答えました。

永秀法師の「浅からぬ所望」とは、石清水八幡宮別当が差配できる領地やそこから得られる経済的利益などではなく、筑紫(北部九州)の特産品で、当時笛の材料として珍重された漢竹、その漢竹で作られた笛であったのです(漢竹とは中国から渡来した竹のようです)。今所持する笛よりはもっといい笛で音を奏でること、それが永秀法師にとっての最上の望みなのでした。

何を言い出すものかと心配していた頼清はまったくの予想外の返事に、打って変わって永秀法師のことがひどくいとおしく思え、「それはたやすいことです。すぐにも探して差し上げましょう。その他にお役に立てるようなことはありませんか。あなたの毎日の生活のことも心にかかっておりますので、そのようなこともどうしてお引き受けしないことがありましょうか」と言います。永秀法師は、「お気持ちはありがたく存じます。しかし、そうした日々の暮らしに関することは別に不自由しておりません。二月・三月に帷《かたびら》(裏地を付けない着物)を一枚手に入れましたので、十月まではまったく望むものもありません。

また、朝夕の食事は、たまたまあるにまかせて、どのようにでも過ごしております」と答えます。

永秀法師という人は貧しい暮らしをしているに違いないのですが、衣と食という生活の基本をもっと豊かにしたいなどという欲は少しもあるふうではなく（近隣の人が立ち去っても気にしなかった人ですから、人の生活と自分の生活を比べることもなかったでしょう）、日々どうにか生きていければそれでよいと考えている人のようです。というより、彼の心はただ一途に笛に向いていて、笛を吹く暮らしさえできれば、他のことはどうでもよかったのでしょう。

最上の望みが良質の漢竹の笛を入手することだと言う永秀法師、これぞ「好き者（風流人）」だと頼清は心につくづく思い、またとめったにいない感心な人物だとも思えて、漢竹の笛を急ぎ探し求めて永秀法師に送ってやりました。また、永秀法師は生活のことはお構いなくと頼清に言いはしましたが、月ごとに用意すべき衣食のことなど、実生活に必要なものは、心配して手配してやったので、永秀法師はそれらがある限りは、石清水八幡の楽人たちを呼び集めて、この人々に酒を用意し、一日中楽を奏しているのでした。楽人たちがいなくなると、それはそれでまたただ一人笛を吹いて毎日を過ごしていました。後には笛の修業の成果が実って、並ぶ者のない笛の名手になったということです。

永秀法師という人は笛という楽器、その音色に魅惑され、さまざまの曲を最高度の技量をもって吹きこなすことに己の人生のすべてを費やした人であったのでしょう。この世においてわが命を注ぐべきものに出会い、より高みへと精進する生を思うがまま存分に生きたこの人こそ「自由人の典型」と呼ぶべき人のように思われます。

さて、右のように永秀法師について語ったその最後に、作者の鴨長明は「かやうならん心は、何につけてかは深き罪も侍らん」という一文を付け加えています。これはどういうことを言わんとする言葉なのでしょうか。

それはやはり、法師でありながら笛などに「うつつを抜かす」のは仏の教えに反する罪深い行為であるという考えをもとに言ったものだと思われます。笛ごときに全霊を注ぐのは「深き罪」と認められることかも知れないのだが、この永秀法師のひたむきでけなげな笛に打ち込む姿を見よ。その自由で純な心を知れば、この法師が仏法の戒めを破っているとか、そんなことが言えようか、言えはしないだろう、と作者は述べているのだと私には思われます。

お仕舞いに「笛」という言葉について付言します。「琴」が琵琶なども含む弦楽器の総称であるように、「笛」は管楽器の総称であり、横笛だけでなく、縦笛の篳篥《ひちりき》も、十七本の竹管を丸く立て並べた笙《しょう》も笛です。永秀法師はどんな笛を吹いていたのでしょうか。『枕草子』第二百四段（「新潮日本古典集成」による）の笛について述べたくだりの冒頭には「笛は、横笛、いみじうをかし」とあります。また、『平家物語』に出てくる名笛も横笛です。ですから、永秀法師には横笛が最もふさわしいように思えます（横笛も「龍笛《りゆうてき》」「高麗笛《こまぶえ》」「神楽笛《かぐらぶえ》」といろいろあったようです）。が、『枕草子』の同段には、「篳篥は、いとかしがましく、秋の虫をいはば、轡虫《くつはむし》などの心地して、うたて、け近く聞かまほしからず（篳篥は、ほんとにうるさくて、秋の虫でいうなら、ガチャガチャと喧噪な轡虫といった感じで、実に厭《いや》で、間近では聞きたくもない）」といったことも書かれていますので、近隣の者が永秀の笛の「かしがましさ」故に逃げ出したというのは、永秀が篳篥を思いっきり吹いていたためだとも考えられます。彼は後に「並ぶ者のない笛の名手」になったと述べられていますが、それは、どんな笛も見事に吹きこなす笛の名人になったということかも知れません。

それでは、「永秀法師、数寄の事」の原文を以下に示します。

八幡別当頼清《よりきよ》が遠流《ゑんる》[1]にて、永秀法師と云ふ者ありけり。家貧しくて、心好《す》けりける[2]。夜昼、笛を吹くより外《ほか》の事なし。かしがましさ[3]にたへぬ[4]隣り家、やうやう[5]立ち去りて後《のち》には人もなくなりにけれど、さらに[6]いたまず[7]。さこそ貧しけれど[8]、おちぶれたるふるまひなどはせざりければ、さすがに[9]人いやしむ[10]べき事なし。

頼清聞き、あはれみて使ひやりて、「などかは[11]何事ものたまはせぬ[12]。かやうに侍れば[13]、さらぬ人[14]だに、事にふれてさのみこそ申し承る事[15]にて侍れ。うとく[16]おぼすべからず[17]。便りあらん事[18]は、憚《はばか》らずのたまはせよ」と云はせたりければ、「返す返す[19]かしこまり侍り[20]。年比《としごろ》[21]も申さばや[22]と

---

1 遠流　遠い親戚
2 心好けりける　風流な心を持つ者であった
3 かしがましさ　やかましさ
4 たへぬ　耐えきれない
5 やうやう　だんだんと
6 さらに　（下に打消を伴って）まったく（〜ない）
7 いたまず　心を痛めない。気にしない
8 さこそ貧しけれど　どんなに貧しくても
9 さすがに　何といってもやはり
10 いやしむ　軽侮する
11 などかは　どうして
12 のたまはせぬ　おっしゃらないのか
13 かやうに侍れば　このように石清水八幡宮別当という役職に就いている身でありますので
14 さらぬ人　そうでない人（特別な縁故もな

思ひながら、身のあやしさ[23]に、かつは[24]恐れ、かつは憚りてまかり[25]過ぎ侍るなり。深く望み申すべき事侍り。すみやかに参りて申し侍るべし」と云ふ。

「何事にか。[26]よしなき[27]情《なさけ》をかけて、うるさき事やいひかけられん」と思へど、「かの身の程には、いかばかりの事かあらん」と思ひあなづりて[28]過《すご》すほどに、ある片夕暮《かたゆうぐれ》に出《い》で来たれり。[29]則《すなは》ち[30]出で合ひて、「何事に」など云ふ。「あさからぬ所望《しよまう》侍るを、思ひ給へて[31]まかり過ぎ侍りし程に、一日《ひとひ》[32]の仰せ[33]を悦《よろこ》びて、左右《さう》なく[34]参りて侍る」と云ふ。「疑ひなく、所知《しよち》[35]など望むべきなめり[36]」と思ひて、これを尋ぬれば、「筑紫《つくし》に御領《ごりやう》多く侍れば、漢竹《かんちく》の笛の事よろしく侍らん、[37]一つ召して[38]給はらん。[39]これ、身にとりてき

い人）
15 申し承る　（相手が）申し入れ（自分がそれを）お聞きする
16 うとく　疎遠な関係だと
17 おぼすべからず　お思いになってはいけない
18 便りあらん事　便宜をはかれるようなこと
19 返す返す　重ね重ね
20 かしこまり侍り　恐縮しています
21 年比　長年
22 申さばや　申し上げたい
23 身のあやしさ　身の卑しさ
24 かつは　一方では
25 まかり　動詞の上に付いて謙譲の意を表す（訳さなくてよい）
26 何事にか　下に「あらむ」を補って読む。「何事であろうか」
27 よしなき　つまらない
28 思ひあなづりて　見下し軽んじて
29 出で来たれり　やって来た

はまれる望みにて侍れど、あやしの身には得《え》がたき物にて、年比えまうけ侍らず[40]」と云ふ。

思ひの外《ほか》に、いとあはれに覚えて、「いといとやすき事にこそ。すみやかに尋ねて奉るべし[41]。その外、御用ならん事は侍らずや。月日を送り給ふらん事も心にくからずこそ侍る[42]に、さやうの事も、などかは承らざらん」と云へば、「御志《こころざし》はかしこまり侍り。されど、それは事《こと》欠け侍らず[43]。二三月にかく帷《かたびら》一つまうけつれば[44]、十月まではさらに望む所なし。また、朝夕の事は、おのづから[45]あるにまかせつつ、とてもかくても[46]過ぎ侍り」と云ふ。

「げに[47]好き者[48]にこそ」と、あはれにありがたく覚えて[49]、笛いそぎ尋ねつつ[50]送りけり。また、さこそ云へど[51]、月ごとの用意など、まめやかなる[52]

---

30 則ち　すぐに
31 思ひ給へて　考えておりまして（「給へ」は謙譲の補助動詞）
32 一日　先日
33 仰せ　お言葉
34 左右なく　あれこれためらうことなく
35 所知　領地
36 望むべきなめり　望むに違いないのであるようだ
37 事よろしく侍らん　上等でありますような（漢竹の笛）
38 召して　お取り寄せになって
39 給はらん　いただきたい
40 えまうけ侍らず　手に入れることができません（「え〜打消」は「〜（する）ことができない」）
41 尋ねて奉るべし　探して差し上げよう
42 心にくからずこそ侍る　気がかりでありません（「心にくからず」の「ず」は打消ではなく、「心にくし」を強めるはたらき）

事ども、あはれみ沙汰[53]しければ、それがある限りは、八幡の楽人《がくにん》呼び集めて、これに酒まうけて、[54]日くらし[55]楽《がく》をす。失《う》すれば、[56]またただ一人笛吹きて明かし暮らしける。後には笛の功つもりて、並びなき上手《じやうず》になりけり。

かやうならん心は、何につけてかは深き罪[57]も侍らん。

（『発心集』第六の七「永秀法師、数寄の事」）

---

43 事欠け侍らず　不自由していません
44 まうけつれば　手に入れましたので
45 おのづから　たまたま
46 とてもかくても　ああでもこうでも。どのようにしてでも
47 げに　なるほど本当に
48 好き者　風流人
49 ありがたく覚えて　めったにない立派なことだと思えて
50 尋ねつつ　探し求めて
51 さこそ云へど　（永秀法師は）ああは言っていたが
52 まめやかなる　実生活の実用的な
53 沙汰　手配。処置
54 まうけて　用意して
55 日くらし　一日中
56 失すれば　（八幡の楽人が）いなくなると
57 罪　仏法の戒めを破る行為。また、その結果として受ける罰（仏罰）

第十回　『保元《ほうげん》物語』――武門源氏の子息の覚悟

1

軍記物語の大作は言うまでもなく平安末期の平家の繁栄と滅亡を描いた『平家物語』ですが、それ以前の保元《ほうげん》の乱（一一五六年）を描いた『保元物語』、また平治の乱（一一五九年）を描いた『平治物語』もまた軍記物語の傑作の一つです。

保元の乱は皇室並びに摂関家内部の争乱でした。しかし、勝ち敗けの決着をつけたのは源氏・平家の武家の力であり、保元の乱こそ貴族による政治に替わって武家政権の成立へと導く、わが国の歴史上重要な節目となる戦いだと言われます。平治の乱は、保元の乱で勝ち残った源氏と平家が衝突し、平家側が勝利し、平氏（平清盛）政権が成立することになった戦《いくさ》です。

『保元物語』『平治物語』は『平家物語』に先行する作品だと、かつては見られていましたが、最近の研究によれば、これら三作品は作者はそれぞれに異なるが、ほぼ同じ時期（十三世紀前半）に成立したと考えられているようです。そして、いずれの作品も改作本（流《る》布本《ふぼん》・異本）が後の時代にいくつも作られ続けました。

『保元物語』『平治物語』を読んで私の心に深くとまったのは、十歳前後の、ということはまだ元服していない、武家（源氏）の少年たちの凛々しい姿でした。

『平治物語』中巻には、平清盛との戦いに敗れ、東海道を落ちてゆく源義朝《よしとも》の様子が詳しく描かれていますが、都に残した三人の子（愛妾常葉《ときわ》の子）を気がかりに思う義朝は、仕える童《わらわ》の金王丸《こんおうまる》を都に遣《や》り、次の言葉を伝えさせます。

「我が身が安心できるような状態になったら、必ず迎えに行くので、それまでは奥深い山里にでも身を隠して、こちらからの便りを待て」

それを伝えてすぐにいとまを告げようとする金王丸の袖に取りついて、三人の中で最も年長の今若《いまわか》は、次のように言います（最も年少の子はこの時はまだ赤ん坊の「牛若」で、後の義経です）。

「我はすでに七つになる。親の敵《かたき》、討つべき年のほどにあらずや。おのれが馬の尻に乗せて、父のまします所へ具して行け。とても、我らここにありても、よも逃れじ。具して行くこと、かなはずは、平氏の郎等《らうどう》が手にかからんよりは、おのれが手にこそかからめ。いかにもなして行け」

すなわち「自分はすでに七歳なので、親の敵も討つことができる年齢だ。よって、おまえの馬の尻に自分も乗せて、わが父のおられる所へ連れていけ。連れていけないというのなら、都にいてはいずれ平家に殺される身であるから、この場でおまえの手で私を殺していけ」というのです。

七歳にして何という覚悟でしょう。

常葉が三人の子を引き連れて二月十日の未明に都を出奔したとき、あまりの夜寒に「寒や冷たや」と泣き悲しむ子らに向かって、「泣けば人にも怪しまれ、左馬頭《さまのかみ》（義朝）が子どもとて捕らはれ、首ばし切らるな。命惜しくは、な泣きそ。腹の内にある時も、はかばかしき人の子は、母の言ふことをばきくとこそ聞け。ましておのれらは、七つ八つになるぞかし。などかこれほどのことを、聞き知らざるべき」と、常葉が言い聞かせる場面があります。武門の子は七つ八つにもなれば、確かな分別心を持たねばならず、それは、場合によっては死に臨む覚悟をも持てということであったのでしょう（『平治物語』下巻に「今若は醍醐寺にて学問し、出家して禅師《ぜんじ》公全成《こうぜんじやう》と名乗りけり」とあり、一二〇三年まで五十一年の生涯を「今若」は生きることになります。ただ、「悪禅師として、稀代の荒者《あらもの》なりけり」とありますので、幼くして身に具《そな》わった胆力は生涯失われはしなかったようです。

元服後ではありますが、十六歳の義朝の子、中宮大夫進朝長《たいふのしんともなが》の何とも哀れで潔い最期のさまは読む者の心を打たずにはいません。朝長は義朝の次男で、義朝の逃避行に同伴しました（三男の兵衛佐《ひょうえのすけ》頼朝も）。義朝が美濃の青墓という宿《しゅく》を出て更に逃げ延びようというとき、朝長は膝を射られながら近江・美濃と遠い道のりを馬で馳せ、深い雪の中を徒歩でかき分けてきたために、足が腫れ上がって一歩も動くことができません。そのとき、朝長は父義朝に向かってこう言うのです。

「この痛手《いたで》にて、御供《おんとも》申すべしとも覚えず。とうとう、いとま、たばせ給へ」「いとま、たばせ給へ」（「たばせ給へ」は「給はせ給へ」に同じ）とは、「おいとまをお与え下さい」、すなわち「ここで親子の別れをさせてほしい」ということであり、それは、この場で自分を殺してほしいということです。

父義朝は「こらへつべくは、供《とも》せよかし（耐えられるのなら耐えて、私の供をせよ）」とたいそう悲しそうに言いますが、それに対する朝長の最後の言葉は、「かなふべくは、いかでか御手にかからんと申すべき（それができるのなら、どうしてお手にかかって死のうと申しましょう）」でありました。そう言って、朝長は父の前に首を伸ばしました。義朝はすぐに朝長の首を討ったとあります。

武門の子として常に勇猛果敢であらねばならない、どんな場合も恐怖におののき怖じ気づいたさまを見せてはならないという強い精神が武士にはあり、それは状況によっては死を受け入れることを自ら選ばなくてはならないという自覚を常に持っていたということなのでしょう。

2

これから紹介する文章は『保元物語』の一節です。元服前の四人の少年（七歳・九歳・十一歳・十三歳）が主人公の話です。この少年たちが突如降り掛かった過酷な運命にどう対処したかを見ることにしましょう。

保元元年（一一五六）七月、皇位継承をめぐる崇徳上皇と後白河天皇との抗争は、源義朝・平清盛らと結んだ後白河天皇側が崇徳上皇側を一気に破って終わりました（義朝は三年後の平治の乱では敗者となりますが、保元の乱では勝者です）。義朝は、上皇側に付いた父為義《ためよし》と異母弟たちの幾人かを、天皇の命令により処刑しましたが、さらに苛烈な命が発せられます。天皇は義朝を内裏に呼び、蔵人資長《すけなが》から「汝が弟どものいまだ多くあるなるを、たとひ幼くとも女子の外《ほか》は、みな尋ねて失ふべし」と伝えたのです。元服前の子どもであろうと、為義の子（すなわち義朝の弟）は男子であれば、捜し出して殺せというのです。

自邸に帰った義朝は家臣の秦野《はたの》次郎延景《のぶかげ》を呼び、「あまりに不憫であるけれども、天皇のご命令であるから致し方ない。六条堀河の父の邸《やしき》にいる四人の子をうまく言いこしらえて連れ出し、決して道中苦しい思いをさせないで、船岡で殺せ」と命じます。船岡は都の北にある山で、葬送地でもあった所です。延景は「難儀の御使ひかな」とつらく思いますが、主人の命令ですから実行しないわけにはいきません。子どもたちを乗せる輿《こし》を供人にかつがせて、六条堀河の邸へ向かいました。

四人の子の母（為義の妻）は、石清水八幡宮《いわしみず》に参詣していて留守でした（夫がすでに処刑されたことを知らない妻は、夫の無事を祈りに八幡宮にお参りに行っていたのでした）が、子どもたちはみな邸にいました。十三歳の乙若《おとわか》、十一歳の亀若《かめわか》、九歳の鶴若《つるわか》、七歳の天王《てんのう》の四人です。四人は顔見知りである延景を見て、嬉しそうにします。延景は、「船岡までの道中、子どもたちに苦しい思いをさせないように（処刑の恐怖におびえさせないように）」という義朝の言葉に従い、まことしやかな嘘をつきます。「私は、お父上の為義さまのお使いで参りました。為義さまは（囚われの身となった後）比叡山で出家なさって、義朝さまのもとにお入りになりましたが、（敗残の将ゆえに）世間に対しまだ気が引けるということで、北山の雲林院と申す所に人目を避けていらっしゃいますが、あなたがたのことを気がかりにお思いになっておられます。（そんなお父上にあなたたちを）お目に掛けるために、北山までお連れ申し上げようと思い、お迎えに参ったのです」と。乙若が応対し、「父上が（戦いに敗れ）出家していらっしゃるとは聞いたが、戦いの後はまだお姿を拝見していないので、我ら兄弟四人、父上を恋しく思っております」と言って、争うように我先にと用意された輿に乗ったのでした。

延景は四人の子を輿に乗せ、京の大宮大路《おおみやおおじ》を北に上り、船岡山へと向かいました。山の頂上の東に輿を据え、さてどうしたものかと延景が思案していると、七歳の天王が輿から走り出て、「父上はどこにいらっしゃるのか」と無邪気に尋ねます。延景は涙を流してしばらく何も言えないでいましたが、ややあって、「今となっては何をお隠し申し上げましょう。お父上は、天皇の命を受けた義朝さまに、昨日の未明、斬首されなさいました。子であるあなたがたも殺さなくてはなりません。うまく言いこしらえて連れ出し、決して苦しい思いをさせないようにと命ぜられておりますので、お父上のお使いだと申し上げたのです。（最後にこれだけはと）お思いになることがありますならば、この延景に言い置きなさり、（成仏できるように）みなさま念仏を唱えなさいませ」と申し上げると、他の子どもたちもこれを聞いて、みな輿から下りました。

九歳になる鶴若が、「兄の義朝殿に使いを遣わして、どうして我らを殺そうとなさるのか、我ら四人を助け置きなさるならば、郎等百騎にも劣らない働きをするだろうに、この旨を申し上げたい」と言うと、十一歳になる亀若は、「鶴若の言う通り、今一度人を兄のもとに遣わして、（我らをほんとうに殺すおつもりなのか）ちゃんと聞きたいものだ」と言います。鶴若と亀若は、突然に突きつけられた運命があまりに惨《むご》いものであるために容易に受け入れがたいのです。それ故、生かしておいた場合の自分らの存在価値を訴え、兄の命令に間違いはないのかもう一度確かめたいと申し出ているのです。どうにかして抵抗しようとするそんな弟たちに対し、わずか二歳年長の乙若は次のように語ります。

「ああ情けない者たちの見苦しい言いざまよ。我ら武門の家に生まれた者は、たとえ幼くとも心は勇猛だと申すのに、あさはかなことを言うものだよ。この世の道理をわきまえ、我が身のこれから先を考えるならば、六十歳におなりになる父上が、病気故に出家遁世《とんせい》して、（我が子を）頼みに思って（義朝殿のもとへ）やって来られた、それでさえ斬首するほどの道理にはずれた人が、まして我らを助けなさることはありはしないだろう。ああ、むなしいことをなさる義朝殿であることよ。これは平清盛がうまく義朝殿をだまして陥れる謀《はかりごと》であるのだろう。多くの弟を殺してしまって、源氏はただ義朝殿一人にした後で、機会があれば義朝殿を清盛が滅ぼそうとたくらんでいることに気付かず、今すぐにもご自身が殺されなさるであろうことは悲しいことだ。そうして義朝殿が討たれなさった後、またたく間に源氏の世が絶えてしまうことこそ口惜しいことだ」と。

我ら名誉ある武門の家に生まれた者は心は猛くあらねばならない、よって死に直面しておびえうろたえるようなことがあってはならないと乙若は言うのです。ここには十三歳ながら武士《もののふ》としての揺るがない信念があります。その不動の信念がある故に、彼の精神は追い詰められることなく、兄義朝を冷厳に見て取る自由な目を失うことがありません。覚悟が深いほど人は自由であることができる、これは普遍的に言えることではないでしょうか。処刑される恐怖からも、兄義朝への恨みからも自由であったがために、乙若は、生年十三歳の元服前の子が語るにはあまりに沈着にして剛毅な言葉を語ることができたのだと思われます。

兄義朝は、子を頼ってきた父をも殺す男だ、だから我ら弟を助けるはずがないと、「世の理《ことわり》」をわきまえ、すぐに処刑されるしかない「身の行く末」も乙若は冷静に見定めています。さらにまた、兄義朝は今自分が置かれた状況が見えていないことも申し述べています。我ら弟四人を殺すのは平清盛が源氏の血を引く者を一人でも減らそうとする謀略であるのに、兄はそれに気付いていない。いずれ兄は清盛に討たれるだろう、そして源氏の世も絶えてしまうことを危惧しています。物語作者は、勇猛な心を持って、目前に迫る死におじけづくことがなかった乙若のことを、もっと広く時代状況をも落ち着いて見る目があった人物として描いています。

最後に乙若は、三人の弟たちに向かって、「お嘆きなさるな。父上を恋しく思うならば、ただ西に向かって南無阿弥陀仏と唱えて、西方極楽浄土に往生し、父上と同じ蓮の上に生まれ合わせ申し上げようと思いなさい」と、年上の兄らしく穏やかに諭しました。三人の弟たちはそれぞれ西に向かって手を合わせ、礼拝したということです。

念仏を唱えることで阿弥陀仏の救済を願うというのは、この時代の最も一般的な信仰のあり方であったでしょう。しかし、それが慣《なら》わしであり通念であったにしても、元服前の十三歳の少年が、このような明確な形で阿弥陀信仰を示して死んでいったことは、われわれ現代人にとってはやはり驚くべきことのように思われます。

右の文章を読んで、私が思い考えたことも締め括りに記しておきます。

源義朝の幼い弟たちが殺されたことは歴史的事実だとしても、乙若は右に語られた通りに実際ほんとうにそう語ったのでしょうか。作り話なのかも知れません（その可能性が高いようにも思えます）。しかし、右の四人の子の話は、この『保元物語』が書かれた時代の人々が、武者の頭領である源氏の子はかくあってほしいという願いを持っていたであろうこと、そしてまた、時代を超えて、人は極限状況にあっても、でき得れば乙若のような立派な態度でありたいものだという願いを表しているのは間違いないように思えます。この話は少しも嘘っぽさを感じさせることなく、人の心を打つ晴れやかな文章です。事実であったかどうかより、そこが大事なことのように思えます。『保元物語』の作者は、人としてのある覚悟を持つとき、年齢に関係なく、自由の精神は現実にこうしてあり得るのだということを示そうとしたのではないでしょうか。

では、以下、原文を見ていただきましょう。

さるほどに、[1]内裏より[2]すなはち[3]義朝を召され[4]、蔵人《くらうど》右少弁資長朝臣《すけながあそん》をもつて仰せ下されけるは、「汝《なんぢ》が弟どものいまだ多くあるなるを[5]、たとひ幼くとも女子の外《ほか》は、みな尋ねて[6]失ふべし[7]」となり。宿所[8]に帰つて秦野《はたの》次郎[9]を召してのたまひけるは、「あまりに不便《ふびん》なれども[10]、勅定《ちよくぢやう》[11]なれば力なし[12]。六条堀河の宿所にある当腹《たうぶく》[13]の四人をばすかし出《い》だして[14]、あひかまへて[15]道のほど[16]わびしめず[17]して、船岡にて失へ」とぞ聞こえける[18]。延景《のぶかげ》、難儀の御使ひかなと心憂く思へども、主命なれば力なし。涙を袖にをさめつつ、泣く泣く輿《こし》をかかせて[19]、かの宿所へぞ赴きける。

母上は折節[20]物詣《ものまう》で[21]の間なり。君達《きんだち》[22]はみなおはしけり。兄をば乙若《おとわか》とて十三、次は亀若《かめわか》とて十一、鶴若《つるわか》は九つ、天王《てんわう》は七つなり。この人々、延景を見つけて嬉しげにこそあり

---

1 さるほどに　そうこうしているうちに
2 内裏より　後白河天皇から
3 すなはち　すぐに
4 召され　お呼びになり
5 多くあるなるを　たくさんいるそうだが
6 尋ねて　捜し求めて
7 失ふべし　殺せ
8 宿所　邸（自邸）
9 秦野次郎　義朝の家臣。後出の延景はその名。よって、秦野次郎と延景は同一人物
10 不便なれども　不憫《ふびん》であるけれども
11 勅定　天皇の命令
12 力なし　どうしようもない
13 当腹　為義が現在の妻との間

けれ。「秦野次郎[23]、入道殿[24]の御使ひに参つて候ふ。殿は十七日に比叡山にて御様《さま》を変へさせ給ひて[25]、頭殿《かうのとの》[26]の御許《もと》へ入らせ給ひしを、世の中もいまだつつましとて[27]、北山雲林《うんりん》院《ゐん》と申す所に忍びて渡らせ給ひ候ふが[28]、君達の御事おぼつかなく思《おぼ》し召し候ふ間[29]、御見参《げんざん》に入れ奉らん[30]ために、具し奉つて参らん[31]とて、御迎へに参つて候ふ」と申せば、乙若出《い》で会ひて、「まことに様《さま》変へて[32]おはしますとは聞きたれども、軍《いくさ》の後《のち》はいまだ御姿を見奉らねば、誰々《たれだれ》も恋しくこそ思ひ侍《はんべ》れ」とて、我《われ》先にと輿に争ひ乗られけるこそあはれなれ。

　大宮《おほみや》[33]を上《のぼ》りに船岡山へぞ行きたりける。峰より東なる所に輿かき据ゑて、いかがせましと思ふ[34]ところに、七つになる天王走り出でて、「父はいづくにおはしますぞ」と問ひ給へば、延景、涙を流してしばしは物も申さざりしが、ややあつて、「今は何をか隠し参らすべき[35]。大殿《おほとの》[36]は頭殿の御

にもうけた子

14 すかし出だし　うまくだまして連れ出し

15 あひかまへて　（下に命令・禁止・打消を伴って）きっと。必ず。決して

16 道のほど　目的地までの道中

17 わびしめず　苦しい思いをさせず

18 とぞ聞こえける　ということであった

19 輿をかかせて　供人に輿をかつがせて

20 折節　ちょうどその時

21 物詣で　寺社に詣でること

22 君達　上流貴族の子息。ここでは為義の四人の子を指す。「君達」は「公達」とも書く

23 秦野次郎　わたくし秦野次郎は

承りにて、[37]昨日の暁斬《き》られさせ給ひ候ひき。君達をも失ひ申すべきにて[38]候ふ。あひかまへてすかし出だし参らせて、わびしめ奉らぬやうに[39]と仰せ付けられ候ふ間、入道殿の御使ひとは申し侍るなり。思し召すこと候はば、[40]延景に仰せ置かせ給ひて、みな御念仏候ふべし[41]」と申せば、四人の人々これを聞き、みな輿より下り給ふ。

九つになる鶴若殿、「下野殿《しもつけどの》[42]へ使ひを遣《つか》はして、いかに我らをば失ひ給ふぞ、四人を助け置き給はば、郎等《らうどう》[43]百騎にも勝《まさ》りなんずるものを、[44]このよし[45]申さばや[46]」とのたまへば、十一歳になる亀若、「まことに今一度人を遣はして、たしかに聞かばや」と申されけるところに、乙若殿、生年十三なるが、「あな心憂《こころう》の者どもの[47]言ひかひなさや。[48]我らが家に生まるる者は、幼けれども心は猛《たけ》しとこそ申すに、かく不覚なること[49]をのたまふものかな。世の理《ことわり》をも弁《わきま》へ、身の行く末をも思ひ給はば、六十になり給ふ父の、病気によつ

24 入道殿　為義を指す。下の「殿」も同じ
25 御様を変へさせ給ひて　御出家なさって
26 頭殿　為義の子の義朝を指す
27 つつまし　はばかられる。気が引ける
28 渡らせ給ひ候ふ　いらっしゃいます
29 おぼつかなく思し召し候ふ間　気がかりにお思いになっていますので
30 御見参に入れ奉らん　御目にかけ申し上げよう
31 具し奉つて　お連れ申し上げて
32 様変へて　出家して
33 大宮　京の大宮大路《おおじ》
34 いかがせまし　どうしようか
35 何をか隠し参らすべき　何を

て出家遁世《とんせい》して、頼みて来たり給ふをだに斬るほどの不当人の[50]、まして我々を助け給ふことあらじ。あはれ、はかなきことし給ふ頭殿かな[51]。これは清盛が和讒《わざん》にてぞあるらん[52]。多くの弟を失ひ果てて、ただ一人になして後、事のついでに滅ぼさんとぞはからふらんを悟らず、ただ今我が身も失せ給はんこそ悲しけれ[53]。さても下野殿討たれ給ひて後、たちまちに源氏の世絶えなんことこそ口惜しけれ」とて、三人の弟たちにも、「な嘆き給ひそ[54]。父恋しくば[55]、ただ西に向かつて南無阿弥陀仏《なむあみだぶつ》と唱へて、西方極楽に往生し、父御前《ちちごぜん》と一つ蓮《はちす》に生まれ合ひ奉らんと思ふべし」[56]と、おとなしやかにのたまへば[57]、三人の君達各々《おのおの》西に向かつて手を合はせ、礼拝《らいはい》しけるぞあはれなる。

（大正二年発行の有朋堂文庫『保元物語　平治物語　北條九代記』所収の「保元物語」巻之三による。途中一部省略したところがある）

お隠し申しましょうか。もう隠しはいたしません

36 大殿は　為義さまは。下の「斬られさせ給ひ候ひき」の主語

37 頭殿の御承りにて　義朝さまが天皇の命を受けた執行人となって

38 君達をも失ひ申すべき　あなたたち子どもをも殺し申し上げねばならない

39 わびしめ奉らぬやうに　苦しい思いをさせ申し上げないように

40 思し召すこと候はば　（最後に）お思いになることがありますならば

41 御念仏候ふべし　念仏を唱えなさいませ

42 下野殿　義朝を指す

43 郎等　侍身分の家臣

44 勝りなんずるものを　きっと勝るであろうに

45 このよし　この事。この旨

46 申さばや　申し上げたい

47 あな心憂の者ども　ああ情けない者たち

48 言ひかひなさや　ふがいないことだ。見苦しいことよ

49 不覚なる　あさはかな。愚かな

---

50 頼みて来たり給ふ　（子の義朝を）頼りに思って（義朝のもとへ）やって来られた

51 不当人　道理にはずれた人

52 和讒　相手に同調する素振りを見せながら、一方ではその人の悪口を言ったり陥れたりすること

53 事のついでに　何らかの機会に

54 な嘆き給ひそ　「な〜そ」は「〜するな」という禁止を表す

---

55 父恋しくば　父上を恋しく思うならば

56 一つ蓮に生まれ合ひ奉らん　同じ蓮の上にともに生まれ合わせ申し上げよう。極楽往生した姿は蓮の葉の上に座るという形でイメージされる

57 おとなしやかに　年長者らしく思慮分別のある様子で

第十一回　『建礼門院右京大夫集《けんれいもんいんうきようのだいぶしゆう》』――滅び去った恋人たちへの思い

1

『建礼門院右京大夫集』は古典文学全集の中でも百五十ページほどの作品で、歌と短い文章がほどよく並べられていて、長々しい文章を読まなくてはならない圧迫感を感じさせられることもありません。この手軽に手に取れる小さな（古典全集の中では厚みのない）作品というところにまず魅力が感じられます。

この古典作品は、平清盛の娘で高倉天皇の后となった女性、すなわち建礼門院中宮徳子《とくこ》に仕えた女房「右京大夫《うきようのだいぶ》」が書いたものです。書名からすると私家集（個人歌集）ですが、和歌の詞書《ことばがき》にあたる文章が数行から十数行、ときに二、三十行に及ぶものもあり、日記とも見なされます。収められている和歌は三百六十首ほどですが、作者は修辞を凝らした難しい歌を詠む人では決してありません。分かりやすく、情景も詠み手の真情もこちらにすっと届く歌が多いのです。一つ例を挙げてみましょう。

有明《ありあけ》の月に朝顔《あさがほ》見し折《をり》も忘れがたきをいかで忘れむ

この歌を理解するには、「朝顔」という言葉が朝顔の花（古文では秋の花）を意味すると同時に、朝起きたばかりの人の顔を意味すると分かればいいのです。その知識さえあれば、この歌は、秋の一夜を恋人とともに過ごして、夜も明けようとする頃、有明の月の光で見た庭の生け垣の朝顔の花と恋人の後朝《きぬぎぬ》の別れの顔が、時を経た今でも忘れようがないというせつない思いを詠んだ歌だと分かるでしょう。まだ暗い中、有明の月の光のもと、去りゆく恋人と見送る作者とが互いに見つめ合って別れを惜しんださまが、誰しも目に浮かんでくるのではないでしょうか。

右の歌に詠まれた作者の恋人、それは皆さんがご存じの通り、平資盛《すけもり》（一一六一〜一一八五）です。資盛は平清盛の孫にして、重盛の次男、中宮徳子の甥にあたる貴公子です。少将から中将、蔵人頭《くろうどのとう》に至った殿上人でありましたが、壇ノ浦の戦いで一門とともに二五歳で入水することになる人です。彼の思い出こそが『建礼門院右京大夫集』には鮮烈に描かれていますから、それはここでももちろん紹介したいと思いますが、その前に、この作品を読んでいて、作者について感じる私の印象を述べておこうと思います。
『建礼門院右京大夫集』の歌を見ても文章を読んでも、私はいつも「右京大夫」と呼ばれた一人の女性の人柄のよさというものを感じます。そして、それは同時代に生きた、彼女の周辺の男性貴族や女房たちにとってもそうであったようなのです。琵琶の名手であった頭中将《とうのちゅうじょう》藤原実宗《さねむね》、歌人としても著名であった平忠度《ただのり》、当時中納言であった（後に内大臣となり平家一門の指揮をとる）平宗盛《むねもり》、清盛の孫で重盛の嫡男である平維盛《これもり》らと、それぞれ機知に富む楽しい和歌の贈答をしたことが書かれていますし、彼女は同僚女房とも折り合いのいい人だったようです。「何事も隔てなくと申し契りたりし人」「常に言ひ交す（人）」「とりわき仲よきやうなりし（人）」といった、親しい女友だちを指す言葉が何度も出てきます。清少納言・和泉式部といった強い個性の才女とは違う、温厚温順な性格の人であったと思われるのです。奥ゆかしいと言うべきその人柄が私には好ましく思われます。

作者と資盛との恋は、治承《じしょう》元年（一一七七）冬頃に始まっただろうと考えられています。そのとき資盛は十七歳。作者は生年未詳なのでよく分からないのですが、年上であったことは間違いないようです（五つくらい上だったとも十《とお》近く年上だったとも）。資盛は殿上人にして中宮の甥、かたや作者は中宮に仕える女房であったのですから、箏《そう》の琴や和歌など洗練された趣味も同じくする二人の出会いは自然の成り行きだったでしょう。恋が始まる以前から、作者にとって資盛は「朝夕、女どちのやうに交じりゐて見かはす（朝夕、女同士のように一緒になって顔を合わせる）」大勢の廷臣の一人であったと述べています。

若々しい恋人資盛の姿が鮮やかに描かれているのは次の文章です。

雪の深く積もりたりし朝《あした》、里にて、〔私は〕荒れたる庭を見出《みい》だして、「〔山里は雪降り積みて道もなし〕今日来《けふこ》む人を〔あはれとは見む〕」と〔拾遺集の歌を〕詠《なが》めつつ、薄柳《うすやなぎ》の衣《きぬ》、紅梅の薄衣《うすぎぬ》など着てゐたりしに、枯野《かれの》の織物の狩衣《かりぎぬ》、蘇芳《すほう》の衣《きぬ》、紫の織物の指貫《さしぬき》着て、ただ引き開けて入り来《きた》りし人の面影、わが有様には似ず、いとなまめかしく見えしなど、常は忘れがたく覚えて、年月多く積もりぬれど、心には近きも、かへすがへすむつかし。

年月《としつき》の積もりはててもその折《をり》の雪の朝《あした》はなほぞ恋しき

雪の降り積もった早朝、実家で作者が庭の雪景色を眺めながら、「今日来む人を」と古歌を口ずさんでいたちょうどそのとき、取り次ぐこともなく自分で引き戸を開けて作者の前にいきなり現れた資盛。その姿はよほど印象深かったのでしょう。雪を背景に、資盛の着ていた着物の色まで作者ははっきりと覚えています（自分の着ていた着物の色まで）。「わが有様」は柳に紅梅を重ねた、くすんだ感じの自分の着物の色を言っているのかも知れませんが、「いとなまめかしく見えし」と対比して読むと、年上の自分を意識した表現のようにも思えます。「なまめかし」とは若々しくみずみずしい美しさを言う言葉です。優雅に古歌を踏まえつつ、大胆にも恋する女《ひと》を早朝に訪ねてきた若い男の魅力がくっきりと捉えられている文章と歌だと思います。

資盛というこの若き貴公子がことのほか花木・草花を愛した人であったこともここに書きとめておきましょう。「梅の花なべてならずおもしろき所」の「主《あるじ》なる僧」は、過去の人となってしまった資盛を、「年々この花を標結《しめゆ》ひて恋ひたまひし人」と振り返っています。「標結《しめゆ》ふ」とは、人がみだりに立ち入らないように標縄《しめなわ》を張りめぐらす、つまり独り占めにするということです。資盛は「なべてならぬ梅の花」を誰に知らせることもなく、毎年一人楽しむような人であり、「花を恋ふ」、つまりまだ咲いていてもいない梅を思い慕うというゆかしい人であったというのです。

そんな資盛ですから、『建礼門院右京大夫集』には春の桜、秋の小萩やすすきなどを彼とともに見た思い出も記されています。

「北山の辺によしある所のありしを、はかなくなりし人の領《りやう》ずる所にて、花の盛り、秋の野辺など見には、常に通ひし」

「北山の辺」つまり今の金閣寺あたりに「よしある所（風情ある所）」があり、それは今は亡き資盛の所有地であったので、満開の桜や秋の草花を見に、二人でよく通ったことがあったのでした。

「東の庭に、柳桜の同じ丈《たけ》なるを交ぜて、あまた植ゑ並べたりしを、ひととせ（ある年）の春、もろともに見し」ともあります。

筆者と資盛との逢瀬は足かけ七年ほど続いたようです。しかし、寿永二年（一一八三）七月の平家の都落ちで悲劇的な別れを迎えます。都落ちを間近にして、人目を忍んで逢った資盛が最後に残した言葉は、「かやうに聞こえなれても、年月《としつき》といふばかりになりぬるなさけに、道の光もかならず思ひやれ（このようにあなたと親しくお付き合いするようになって、長い歳月にわたり愛情で結ばれたことを思い、私の後世《ごせ》の供養を必ずしてほしい）」というものでした。
寿永四年（一一八五）三月二十四日、資盛は壇ノ浦の戦いにおいて二十五年の生涯を閉じます。『平家物語』巻十一「能登殿最期」には、「小松の新三位中将資盛、同少将有盛、いとこの左馬頭《さまのかみ》行盛、手に手をとりくんで一所にしづみ給ひけり」とあります。資盛が亡くなったことは、どのような死に方をしたかまで都の作者に伝えられました。その翌年か数年後かの三月二十四日のことが、次のように語られています。

弥生《やよひ》の二十日余りの頃、はかなかりし人の、水の泡となりける日なれば、例の心ひとつに、とかく思ひいとなむにも、我がなからむのち、誰《たれ》かこれほども思ひやらむ。かく思ひしこととて、思ひ出《い》づべき人もなきが、堪へがたく悲しくて、しくしくと泣くよりほかのことぞなき。我が身のなくならむことよりも、これが覚ゆる。

資盛が「後《のち》の世をかならず思ひやれ」（「道の光もかならず思ひやれ」を別の箇所ではこのように言い換えています）と作者に言い残した言葉を守り、資盛の命日には追善供養を「思ひいとなむ」ことを作者はしていたのです。ここで作者は極めて大事なことを語っているように私は思います。「我がなからむのち、誰かこれほども思ひやらむ（私が死んだら、いったい誰が私が思うほどにあの人のことを思いやるであろうか）」とは、自分がこの世からいなくなることは、資盛を深く思いやる人間がこの世からいなくなることなのだと作者が強く意識したということでしょう。そして、それに引き続き、「かく思ひしこととて、思ひ出づべき人もなきが、堪《い》へがたく悲しく（私がいくらこのようにあの人のことを思ったとしても、あの人のことを思い出すであろう人がいないということは、堪えがたく悲しく）」、それが「我が身のなくならむ（自分自身が死んでしまう）」悲しさなどよりずっと強く思われると言っています。それは、これから先、資盛を思い出す人がいない、そのようなことにしてはいけない、誰かが彼を弔い、彼を思い起こす人がいなくてはならないと心に深く思ったということに他ならないでしょう。

そこで作者は、平資盛という人間がこの世にありありとあったことを自分が書き残さなくてはならないと作家として自覚したとか、そんなたいそうなことは言うつもりはありませんが、資盛というわが恋人がこの世にあったことを証《あか》しする人に自分がなり得るとは、確かに思ったのではないでしょうか。資盛を中心として亡き平家の人々の忘れがたい数々の思い出を自分が書き置くことは、意味のあることなのだと作者は心密かに思い、それはまた彼女の心の慰めにもきっとなったのでありましょう。

「今は亡き人」とは、文字通りこの世のどこにも存在しない人でありますが、その故人を弔う思いが今生きている者になければ、心の中においてすら故人はまったく存在しないものとなってしまいます。ですから、故人をなきものにするのもあるものにするのも、ある意味では今を生きる者の自由でありましょう。今を生きる者は、過去を消し滅ぼすこともまた蘇らせることもできるわけですが、『建礼門院右京大夫集』の作者は、故人への自分の思いが、故人を今もこれからもこの世にあらしむることを選ぶ、そんな自由の力を行使した人だと私には思われるのです。

2

平家一門が壇ノ浦で滅亡したこと（一一八五年の出来事）も、今や十年ほど昔のことと思われるようになった頃、作者はしかるべき人の要請で、思いがけなくも、後鳥羽天皇に仕える女房として再び宮中に入ることになります（再出仕したこのとき、作者は四十歳を過ぎた年齢になっていました）。かつて中宮徳子がその建物の主《ぬし》であった後宮《こうきゅう》の藤壺を見ると、そこで過ごした懐かしい日々が思い出され、部屋の調度も部屋の様子も何も変わらないのに、自分の心の中ばかりは砕け散る悲痛な思いに駆られます。曇りない空の月を眺めていると、すべてが思い出され、涙でつい目の前が暗くなるのでした。昔は身分の軽い四位《しい》・五位の殿上人と見ていた人々が、今は三位《さんみ》以上の重々しい上流貴族としてあるのを見るにつけ、「資盛や維盛《これもり》（資盛の兄）が今生きていたなら、ああであったろう、こうであったろう」と思われて、その悲しさは何に喩えようもありません。この「ああであったろう、こうであったろう（「とぞあらまし、かくぞあらまし」）」という言葉にこそ作者の万感の思いが込められているように私には思えます。子どもを幼くして亡くした親の、あの子が生きていれば「今はこうであったろう、ああであったろう」という痛切な思いと少しも違わない思いであったことでしょう。

このとき十七歳くらいであった後鳥羽天皇は、二十一歳で亡くなった父の高倉上皇のお顔・お姿にとてもよく似ていました。十代の高倉天皇を知る作者は、ご様子のよく似た若き天皇の姿を目の前に見ると、華やかなりし昔が懐かしく思われてなりません（中宮徳子を「月」に、高倉天皇を「日」に喩え、側に仕える女房としてお二人を間近に仰ぎ見る喜びの歌も作者はかつて詠んでいました）。そこで、作者が空の月を見ながら詠んだ歌が次の歌です。

今はただしひて忘るるいにしへを思ひ出でよと澄める月影

忘れがたいのを無理に忘れようとしている「いにしへ」を、あの空に澄む月は私に「思い出せ」と言っているかのようだというのですが、忘れがたい思い出は忘れがたいものとして思い出し、それを書き置くことが自分の役割なのであろうかと、自分に問いかけている歌のように思えます。

再出仕の頃、どのような心境にあったのか、引き続き述べられます。作者があれこれ物思いばかりしていたある日、局《つぼね》から清涼殿の東庭を見ると、まだらの犬が竹の台の下などを歩き回っていました。それが、昔、高倉天皇のもとにいた犬にとてもよく似ていたのです。その犬は、中宮様のお使いとして帝のもとへ作者が参った際には、呼んで抱いたりなどして、いつも可愛がっていたので、作者を見覚えていて、なついて尾を振りなどしたのですが、昔見たその犬に目の前の犬がひどく似ていると思うと、作者はむしょうにある感慨を覚え、次の歌を詠みます。

犬はなほ姿も見しにかよひけり　人のけしきぞありしにも似ぬ

犬はその姿も昔見たのに似通っている、しかし、人の様子は以前とは似てはいないというそれだけの歌ですが、私は「人のけしきぞありしにも似ぬ」というこの表現にひどく心打たれます。

この十年ほどの間に、作者が身近に見ていた人たちの顔ぶれは変わってしまっていたのです。作者が心通わせたあの人もこの人も今ここにはいないのです。『建礼門院右京大夫集』全編を通して強く感じるのは、この作品にその名が登場する平家の人々が、この作品が書かれた頃にはこの世に誰もいないという何とも言い難い胸に迫る寂寥感です。平重盛（清盛の嫡男）、重衡《しげひら》（清盛の五男）、維盛《これもり》（重盛の嫡男）、資盛、彼らの姿が鮮やかに描かれていればいるほど、平家の栄華の時代は今はなく、滅び去ったのだと痛切に感じられます。花をながめ、月をめで、琴を弾きすさみ、歌を詠み交わしたあの人もこの人も今はもういないという思いをかみしめながら、作者は一つ一つの思い出を書き継いでいったのでしょう。そんな作者の筆致に漂う哀切感、それがこの作品をこの上なく魅力的にしているように思います。

3

最後に、ご存じの方も多いであろう有名な話を付け加えることにします。

右京大夫という人は、当時としては珍しく八十歳くらいまで長命を保ちました。老いた彼女のもとに、『新勅撰和歌集』の編纂を下命された藤原定家が詠草を求めてきました。彼女が長年にわたり詠んだ歌の中から何首かを勅撰集に入れようと考えてのことです。そのとき、定家は「集に載せる際にどの名を希望されますか」と彼女に尋ねたということです。彼女は後鳥羽院に仕えたとき、また後鳥羽院の母である七条院に仕えたとき、それぞれ別の呼び名があったようで（「一院右京大夫」や「七条院右京大夫」という名であったかと推定されています）、それで「いづれの名を」と定家は尋ねてきたのです。彼女は「その世のままに（その昔の名のままに）」と答え、「建礼門院右京大夫」の名が記されることを望んだと、自ら述べています。中宮徳子に仕え、資盛との出会いもあった「建礼門院右京大夫」の時代こそが彼女にとって最も忘れがたい青春の時であったのです。

再出仕の思い出を綴った文章と、藤原定家から便りがあり、それに右京大夫がどう返事したかを綴った文章と、それぞれを以下に原文で載せておくことにします。

〈再出仕の思い出〉

さるべき[1]人々、さりがたく[2]言ひはからふことありて、思ひの外《ほか》に、年経《へ》てのち、また九重《ここのへ》[3]のうちを見し身の契り[4]、かへすがへす定めなく、我が心のうちもすずろはし[5]。藤壺の方《かた》ざまなど見るにも、昔住みなれしことのみ思ひ出《い》でられて悲しきに、御しつらひ[6]も世のけしき[7]も、変はりたることなきに、ただ我が心のうちばかり砕けまさる悲しさ。月のくまなき[8]をながめて、覚えぬこともなく[9]、かき暗さるる[10]。昔軽《かろ》らかなる上人《うへびと》[11]などにて見し人々、重々しき上達部《かんだちめ》[12]にてあるも、「とぞあらまし、かくぞあらまし[13]」など思ひ続けられて、ありしよりもけに[14]、心のう

---

1 さるべき　しかるべき
2 さりがたく（避り難く）　断りにくく
3 九重　宮中
4 契り　宿縁（前世からの約束）
5 すずろはし　「すずろはし」に同じ。なんとなく心が落ち着かない
6 御しつらひ　室内の調度類
7 世のけしき　あたりの様子
8 くまなき（隈なき）　かげりがない
9 覚えぬこともなく　思い出されないことがなく
10 かき暗さるる　おのずから心が暗くなる
11 上人　殿上人（四位《しい》・五位の中流貴族）
12 上達部　公卿《くぎょう》（三位以上の上流貴族）
13 とぞあらまし、かくぞあらまし　上に「生きてあらましかば」を補って読む。もし（資盛たちが）生きていたならば、ああであ

ちはやらむかたなく[15]悲しきこと、何にかは似む。[16]高倉の院[17]の御けしきに、いとよう似まゐらせさせおはしましたる、[18]上《うへ》[19]の御さまにも、数《かず》ならぬ[20]心のうちひとつに堪へがたく、来《こ》し方《かた》[21]恋しくて、月を見て、

今はただしひて忘るるいにしへを思
ひ出でよと澄める月影

とにかくに、物のみ思ひ続けられて見出《い》だし[22]たるに、まだらなる犬の、竹の台のもとなどしありく[23]が、昔、内の御方《おんかた》にありしが、[24]御使《つかひ》などに参りたる折々、呼びて袖うち着せなどせしかば、見知りて馴れむつれ、[25]尾をはたらかし[26]などせしに、いとよう覚えたる[27]も、すずろに[28]あはれなり。[29]

犬はなほ姿も見しにかよひ[30]けり人の

っただろう、こうであっただろう

14 ありしよりもけに　（再出仕）以前よりもいっそう

15 やらむかたなく　思いの晴らしようがなく

16 何にかは似む　何に似ていようか、いや、何にも似ていない

17 高倉の院　高倉上皇（一一六一～一一八一）。在位一一六八～一一八〇

18 似まゐらせさせおはしましたる　似申し上げていらっしゃる。「まゐらせ」は謙譲の補助動詞。「させ」は尊敬の助動詞、「おはしまし」は尊敬の補助動詞で、「させおはしまし」で二重尊敬を表す

19 上　後鳥羽天皇（一一八〇～一二三九）。在位一一八三～一一九八

20 数ならぬ　物の数でもない。取るに足りない

21 来し方　過去（これまでの事）

22 見出だし　（部屋の中から）外を見る

23 しありく　歩き回る

けしきぞありしにも似ぬ

〈定家からの便りと作者の歌〉

老いののち、民部卿《みんぶきやう》定家[1]の、歌を集むる[2]ことありとて、「書き置きたるものや」と尋ねられたるだにも、人数《ひとかず》に思ひ出《い》でて[3]言はれたるなさけ、ありがたく覚ゆるに、「いづれの名をとか思ふ」と問はれたる思ひやりの、いみじう覚

24 内の御方にありしが　（高倉）天皇のもとにいた犬で。「が」は同格を表す助詞で、この犬の説明は「尾をはたらかしなどせし」まで続く
25 むつれ　親しみなつき
26 はたらかし　動かし（振り）
27 よう覚えたる　よく似ている
28 すずろに　むしょうに
29 あはれなり　心に深く感じられる
30 かよひ　似る

1 民部卿定家　藤原定家
2 歌を集むる　「新勅撰和歌集」の撰集をする
3 人数に思ひ出でて　私を歌人の数に入る者として思い出して
4 隔てはてにし昔　もうすっかり隔たってしまった昔（中宮徳子に仕えた昔）
5 言の葉のもし世に散らば　私の歌がもしも

えて、なほただ、隔てはてにし昔[4]のことの忘られがたければ、「その世のままに」など申すとて、

言の葉のもし世に散らば[5]偲ばしき[6]昔の名[7]こそとめまほしけれ[8]

世間に広まるのでしたら

6 偲ばしき　慕わしい。恋しい

7 昔の名　「建礼門院右京大夫」という昔の名

8 とめまほしけれ　とどめたいものです

第十二回　『徒然草《つれづれぐさ》』――兼好法師の交友論

1

『徒然草』は序段と二百四十三に分けられた段から成る作品です。序段は誰しもがご存じの通り、「つれづれなるままに、日ぐらし、硯に向かひて、心にうつりゆくよしなしごとを、そこはかとなく書きつくれば」と始まりますが、兼好法師という人は、出家遁世者ではあっても、世の中に背を向けて、人付き合いもなく、世の片隅でひっそり思索に耽っていた人ではありません。彼が生きた鎌倉時代後期・南北朝時代にあって、武家・公家・寺社の貴顕の人々から下級官吏・武士・僧・庶民まで、実に幅広くさまざまの人間と交流した人でした。そんな兼好法師が、人との交わりをどう考えたか、人にどう向き合おうとしたかを『徒然草』全編から読み取っていきたいと思います。

兼好法師の交友について語ろうとすると、まずあの有名な言葉が思い浮かびます。

友とするに悪《わろ》き者七つあり。一つには高くやんごとなき人、二つには若き人、三つには病《やまひ》なく身《み》強き人、四つには酒を好む人、五つには猛《たけ》く勇める兵《つはもの》、六つには虚言《そらごと》する人、七つには欲深き人。

よき友三つあり。一つには物くるる友、二つには医師《くすし》、三つには智恵ある友。

（百十七段）

このような言葉を残したこと、それ自体が、彼の実生活がさまざまの身分、さまざまの職業、さまざまの年齢層、さまざまの性格の人々との付き合いで彩られていたことを推測させます。

私がまずおもしろく思うのは、「よき友」に「医師（薬師）」が挙げられていることです。『徒然草』には医術や薬に関係する言葉が何度も出てきます。百二十段冒頭には「唐《から》のものは、薬のほかはなくとも、事欠くまじ」とあります（ということは、薬だけは舶来品が欠かせないということです）し、百二十二段には「医術を習ふべし。身を養ひ、人を助け、忠孝のつとめも、医にあらずはあるべからず」とあり、百二十三段には「人皆病《やまひ》あり。病に冒されぬれば、その愁へ忍びがたし。医療を忘るべからず」とあります。

兼好法師という人は、一般に医術の心得を諭すだけでなく、自己の身体の養生にも気を遣った人だったのでしょうか。「住み果てぬ世に、みにくき姿を待ちえて、何かはせん。命長ければ恥《はぢ》多し。長くとも、四十《よそぢ》に足らぬほどにて死なんこそめやすかるべけれ」（七段）と言っています（「目安《めやす》し」は「見苦し」の反対語で、見た目に感じがいいということです）が、最近の研究によると彼は七十五歳くらいまで生きたであろうと考えられています。

兼好法師の人付き合いに話を戻しましょう。人を訪問すること、また人が来訪することについて書かれた次の文章をまず見ることにします。

さしたることなくて人のがり行くは、よからぬことなり。用ありて行きたりとも、そのこと果てなば、とく帰るべし。久しく居たる、いとむつかし。人と向かひたれば、詞《ことば》多く、身もくたびれ、心も閑《しづ》かならず。よろづのこと障《さは》りて時を移す、互ひのため益《やく》なし。いとはしげに言はんもわろし。心づきなきことあらん折は、なかなか、その由《よし》をも言ひてん。

同じ心に向かはまほしく思はん人の、「つれづれにて、今しばし。今日は心閑かに」

など言はんは、この限りにはあらざるべし。阮籍《げんせき》が青き眼《まなこ》、誰《たれ》もあるべきことなり。そのこととなきに人の来たりて、のどかに物語して帰りぬる、いとよし。また文《ふみ》も、「久しく聞こえさせねば」などばかり言ひおこせたる、いとうれし。（百七十段）

右の文章のおもしろさは第三段落で「この限りにはあらざるべし」と、主張がくるりと反転するところにあります。

第一段落は、たいした用もなく人を訪問してはいけないし、用のある訪問でも、長っ尻《ちり》は嫌《いや》なものであるから、用が済んだら即帰るようにと、無用の訪問・不要な長居を固く戒めています。

第二段落は、百六十四段の「世の人相逢《あひ》ふ時、暫くも黙止《もだ》する事なし。必ず、言葉あり。その事を聞くに、多くは無益《むやく》の談なり」という認識をもとにしたものと言っていいでしょう。人は会うとよくしゃべる。そして、それはたいがい無駄話だ。嫌な顔をするのもどうかと思うが、心に染まないことは染まないといっそ言ってしまうことにしようかと、つまらない長話に付き合わなくてはならないときの不愉快さが述べられています。

しかし、第三段落では一転して、交友の楽しさや友を迎える喜びが語られます。「同じ心に向かはまほしく思はん人（気が合ってずっと対座していたいと思うような人）」なら、訪問した折に、「することもありませんから、もうしばらく居て下さい。今日はゆっくりお話ししましょう」と言われて、長居するのもいいものだ。また、これといった用件もなく気の合う友がひょっこりやって来て、のんびりと話をして帰っていくのも実にいい。そしてまた、特に用事があるわけでもなく、ただ「長らくご無沙汰していましたので」と書いて寄こす来信もとても嬉しいと言っています。

「阮籍が青き眼」とは、凡俗の人には白眼をもって、異才の人には青眼をもって迎えたという『蒙求』に載る魏の文人にちなむ言葉です。要するに、相手が好ましい人物か、うとましい人物かで、阮籍という人は対応を変えたというのですが、人との付き合いというのは、誰だって阮籍のする通りではないか、つまり相手次第で態度が変わるし、相手次第で楽しくも不快にもなると兼好法師は言うのです。

百七十五段では酒飲みの男や女のあさましい狂態や醜態を眼前に見るごとく、また飲酒癖が人生を台無しにするその弊害がさまざまに語られますが、次のように、酒あってこその知己との親密な交流、その深い味わいもしみじみと情感を込めて語られます。

（酒は）かくうとましと思ふものなれど、おのづから[1]捨てがたき折もあるべし。月の夜、雪の朝《あした》、花のもとにても、心のどかに物語して、盃《さかづき》出《い》だしたる、よろづの興をそふるわざ[2]なり。つれづれなる日、思ひの外《ほか》に友の入り来て、とりおこなひたるも[3]、心なぐさむ。なれなれしからぬあたりの御簾《みす》のうちより[4]、御くだもの[5]・御《み》酒《き》など、よきやうなる気配してさし出だされたる、いとよし。冬、狭き所にて、火にて物煎《い》り[6]などして、隔てなきどち[7]さし向かひて、多く飲みたる、いとをかし。旅の仮屋《かりや》、野山などにて、「御肴《みさかな》何がな[8]」など言ひて、芝の上《うへ》にて飲みたるもをかし。いたういたむ人[9]の強ひられて少し飲みたるも、いとよし。よき人[10]の、とりわきて[11]、

1 おのづから　時には。たまには
2 興をそふるわざ　感興を添えること
3 とりおこなひたるも　一献《いっこん》かたむけるのも
4 なれなれしからぬあたりの御簾のうちより　気安く馴れ親しんでもいない高貴なお方のおられる御簾の中から
5 御くだもの　酒の肴《さかな》
6 火にて物煎り　火で何か物を煎《い》ったり
7 隔てなきどち　心の隔てのない、親しい者同士
8 御肴何がな　酒の肴が何かほしい。「がな」は願望を表す助詞
9 いたういたむ人　ひどく酒を（勧められて）迷惑がる人
10 よき人　身分の高い人
11 とりわきて　特に自分に対して
12 今ひとつ。上すくなし　もう一杯いかがです。「上すくなし」は未詳

「今ひとつ。上すくなし」[12]などのたまはせたるもうれし。近づかまほしき人[13]の、上戸《じやうご》[14]にて、ひしひしとなれぬる、[15]またうれし。

（百七十五段）

---

13 近づかまほしき人　こちらから近づきになりたいと思う人

14 上戸　酒をよくたしなむ人。下戸《げこ》の反対

15 ひしひしとなれぬる　すっかりうちとけて親しくなってしまうのは

春の花見や秋の月見や冬の雪見も、ゆったりくつろいで語り合い、盃を交わせば、風情も一層味わい深い。所在ないとき、友人がひょっこりやって来て一杯やるのは心も晴れる。貴人邸において上等の酒肴で上品な雰囲気で飲むのもまた格別だ。寒い冬、狭い部屋に気の置けない者同士が何人か集まって火鉢や囲炉裏で何か煎ったりして、たっぷり飲むのもおもしろい。旅先においてあり合わせの肴で野外で飲むのも楽しい。飲めない人が無理強いされて少しだけでも飲むのもいいものだ。高貴な方から特に名指しで酒を勧められるのも嬉しい。酒が強いために、それでお近づきになれてしまうのも喜ばしい。「心なぐさむ」とか「いとよし」「またうれし」と言っている言葉からして、これは他人の振る舞いを観察しての描写ではなく、兼好法師自身がこのような飲酒の楽しみをよく知り、酒を飲み交わすことで友愛の情が深まる経験を、自分のこととして持っていたのだと思われます。

『徒然草』を通読して、これは兼好法師が「わが親友」を語ったものだろうと思える一段があります。それを次に引用しましょう。

陰陽師《おんやうじ》有宗《ありむね》入道、鎌倉よりのぼりて尋ねまうで来たりしが、まづさし入りて、「この庭のいたづらに広きこと、あさましく、あるべからぬことなり。道を知る者は植うることを努む。細道《ほそみち》一つ残して、皆畠《はたけ》に作り給へ」といさめ侍りき。まことに、少しの地をもいたづらに置かんことは益《やく》なきことなり。食ふ物・薬種《やくしゆ》などを植ゑ置くべし。（二百二十四段）

有宗は、平安時代に陰陽師として名高かった安倍晴明《あべのせいめい》の十世の子孫で、当時、鎌倉幕府に仕える陰陽師でした。その彼が鎌倉から上洛して、山科《やましな》の小野庄にあったと思われる兼好法師の居宅を探して訪ねてきたのです。彼は敷地に入るなり、「この庭（邸前の平地）が無駄に広いことは、あきれたことで、あってはならぬことだ。人の道を知る者は植物の生育にも努めるものだ。通路一つ残して、あとはみな畑となされよ」と忠告したというのですが、この率直な物言いは友人ならではのものではないでしょうか。

角川ソフィア文庫『徒然草』の注には、『礼記』三一「中庸」の「人の道は政《まつりごと》に敏《つと》む、地の道は樹《う》うることに敏《つと》む」をもとに、「人の『道』をよく知る君ならば当然畑作すべきではないか」と、「兼好が常に『道』を口にしていたため、これを知る有宗が諧謔《かいぎゃく》を弄したものか」とあります。

上京の折にわざわざ兼好法師の家を探して訪ねてきたこと、兼好と教養のレベルを同じくすること、この戯れの直言ぶり、そして兼好がまことに素直に有宗の言う通りだと認めていること、いかにも心を許しあった友という感じがします。

兼好法師も鎌倉幕府に縁の深かった人です。兼好法師は京で生まれ育った人だと思われますが、若いときに鎌倉にしばらく暮らしたであろうこと、鎌倉と京を往き来していたことが明らかになっています。そういうことからすると、安倍有宗が当時鎌倉幕府に仕えていたとしても、本家はもちろん京にあったでしょうから、兼好と共有するものも多く、会って話し合うこともいくらもあったろうと想像されます。

2

私は最近、小川剛生著『兼好法師』（中公新書）を読んで、兼好法師という人の実像について多くを学びました。

兼好の一家は伊勢神宮祭主大中臣《おおなかとみ》氏に仕えた在京の侍《さむらい》であったようです。そこから伊勢国守護であった金沢流北条家に仕えるため鎌倉に赴いた。よって兼好は十代はおそらく鎌倉で暮らし、元服した後は、金沢《かねさわ》（北条）貞顕《さだあき》に下級侍として仕えるようになったと思われます。貞顕が京の六波羅探題南方《みなみかた》として上洛したこともあり、その使者・右筆《ゆうひつ》として二十代にはしばしば京と鎌倉を往き来した。二十代後半には蔵人所《くろうどどころ》に属して滝口《たきぐち》（宮中警護の武士）などとして内裏に仕えた時期もあったようです。三十歳以前に出家したが、出家の前後で生活態度も社交範囲も変化はなかったという。京では大臣家である堀川家に出入りし、和歌の名門二条家の当主とも親しく接し、歌壇では四天王の一人に数えられ、武家に関しては、鎌倉幕府が滅んだ後も、将軍足利尊氏の執事高師直《こうのもろなお》に仕える、また尊氏の護持僧賢俊らに庇護されるなど、その一生は多様な人間関係、社会との濃密な交わりの中にあったと言うことができます（『徒然草』は鎌倉幕府滅亡以前に、兼好が四十代の頃にほぼ成立していたと考えられていますが）。

以上もろもろのことから、兼好法師という人はその生涯において実にさまざまな人との交わりがあったことが分かりますが、そういう多くの関係を持ちつつも、「まめやかの心の友（真実の心の友）」がいない嘆きも書き記しています。それが十二段の次の文章です（表現が込み入っていてあまり読みやすい文章ではありませんので、枝葉を切り払った幹となる部分だけを引用します）。

同じ心ならん人としめやかに物語して、をかしきことも、世のはかなきことも、うらなく言ひ慰まんこそうれしかるべきに、つゆ違《たが》はざらんと向かひゐたらんは、ひとりある心地やせん。

たがひに言はんほどのことをば、「げに」と聞くかひあるものから、いささか違ふ所もあらん人こそ、「我はさやは思ふ」など争ひ憎み、少しかこつ方《かた》も我と等しからざらん人は、大方のよしなしごと言はんほどこそあらめ、まめやかの心の友には、はるかにへだたる所のありぬべきぞ、わびしきや。

（十二段）

「同じ心ならん人（同じ考えの人）」と「をかしきこと」「世のはかなきこと」を腹蔵なくしみじみ話し合ったら心は慰められるであろうが、もし「つゆ違はざらん（この人とは寸分も考えが違わない）」と思える人と対面しているとしたら、それはかえってただ「ひとりある」孤独を感ずるだけだろう。

しかしまた、「いささか違ふ所もあらん人（少し考え方を異にする人）」とは、「我はさやは思ふ（私はそう思うだろうか、いや、思わない）」などと言い争うことになり、「よしなしごと（通り一遍の話）」をしている間はまだよいものの、世間話以上のことにおいては、真に分かり合うことは難しく、「まめやかの心の友」には到底なり得ない、それがわびしいと言っています。

互いにほんとうに分かり合える友がいたらというのは、人間の根源的願望ではないかと私は思います。ですから、自分とぴったり考え・気持ちの合う人がこの世にいて、その人と何でも話し合うことができたらどんなにいいだろうとは、誰もが夢見ることではないでしょうか。しかし、対座している人がほんとうにもし自分とまったく考え・気持ちが違わないとしたら、それは兼好法師が言う通り、ただもう一人の自分と向かい合っているだけということになりましょう。

友は自分と考え・感じ方が違うからおもしろい、違うからこそ「げに（なるほど）」と話を聞くかいがあるとも言えます。とは言いながら、「少しかこつ方（些細な不満を覚えるようなこと）」であろうとも、自分と考え方が同じではないと思えると、「いや、それはちょっと違うのではないか」と人は言いたくなる。その結果、この人とはやっぱり考え・気持ちが合わない、この人とはほんとうの友だちにはなれないと思わざるを得なくなる。こうして、人と話し合うたびごとに、内心で、また後で振り返って、人はそれぞれ考えが違うものだなあと、互いに完全には分かり合えない孤独をつくづく一人覚えることになってしまう。これもまた、誰もが経験することではないでしょうか。そして、『伊勢物語』のあの歌「思ふこと言はでぞただに止みぬべき 我とひとしき人しなければ（心に思うことは言わずにやめておこう。自分と心を同じくする人などいないのだから）」の心境になってしまったりもするでしょう。

その気持ちはおのずから次の段へ導くことになります。

ひとり、燈《ともしび》のもとに文《ふみ》[1]をひろげて、見ぬ世の――

1 文　書物

人を友とするぞこよなう慰むわざなる[2]。

文は文選《もんぜん》[3]のあはれなる巻々、白氏文集《はくしもんじふ》[4]、老子のことば、南華《なんくわ》の篇《へん》[5]。この国の博士《はかせ》どもの書けるもの[6]も、いにしへのは、あはれなること多かり。（十三段）

2　わざ　こと
3　文選　周代から梁代までのすぐれた詩文を選び集めたもの
4　白氏文集　唐の白居易の詩文集
5　南華の篇　中国の戦国時代初めの荘周の著『荘子《そうじ》』のこと
6　この国の博士どもの書けるもの　わが国の文章博士《もんじょう》などが書いたもの。漢詩文集『本朝文粋《ほんちょうもんずい》』など

真の友、それは結局、兼好法師にとって、「文《ふみ》（書物）」であったということになりましょうか。当代随一であったかどうかは知りませんが、『徒然草』を読めば、兼好法師が和漢の書物に通じた知識人であったことは誰しもが感じるところでしょう。『源氏物語』や『枕草子』の文体をまねて文章を書くなどお手の物ですし、儒書・史籍・仏典等、漢籍からありとあらゆる言葉が引かれています。有職故実《ゆうそくこじつ》にも通じた人でした。だからこそ、武家・公家・寺社の勢威ある人々から彼は重宝がられたのでもありました。

兼好法師の思想形成の基盤となった儒学、漢詩文、仏教、老子、荘子等の影響から、兼

好法師について語ることも重要なことであろうと思いますが、一人「いにしへ」の「文」に向かい合い、「見ぬ世の人を友とする」兼好、ここに兼好法師の核と言うべき姿があると私は思います。そういう見方に立つとき、次の文章は、兼好法師が世の中にどう向き合ったか、人にどう対したかを理解する上で決定的に重要な文章だと考えられます。

つれづれわぶる人は、いかなる心ならん。まぎるる方《かた》なく、ただひとりあるのみこそよけれ。

世に従へば、心、外《ほか》の塵に奪はれて惑《まど》ひやすく、人に交《まじ》はれば、言葉よその聞きに随《したが》ひて、さながら心にあらず。人に戯れ、物に争ひ、一度《ひとたび》は恨み、一度は喜ぶ。そのこと定まれることなし。分別《ふんべつ》みだりに起こりて、得失《とくしつ》やむ時なし。惑ひの上に酔《ゑ》へり、酔《ゑ》ひの中に夢をなす。走りて急がはしく、ほれて忘れたること、人皆かくの如し。いまだ、まことの道を知らずとも、縁を離れて身を閑《しづ》かにし、事にあづからずして心を安くせんこそ、しばらく楽しぶとも言ひつべけれ。（七十五段）

「つれづれわぶる人は、いかなる心ならん」とは、「つれづれ（することもなく暇であること)」を「楽しぶ」ことがあってもいいのに、楽しむどころか、それを「わぶ(つらく思う)」とは、いったいその心性はどういうものであろうかと、疑問を投げかけた言い方です。ここで注意すべきは、一部の変わった人へ疑問を投げかけているのではないということです。第二段落末尾に「人皆かくの如し」と兼好法師は述べています。ですから、この疑問の投げかけは、世間の多くの人々の心のあり方に対する、兼好法師の根本的な疑問の表明と見なければなりません。

では、この世のたいがいの人はどのような心のあり方をしているというのか。第二段落に述べられていることが、兼好法師が洞察したその答です。それは、端的に言い表せば、世間に同化してしまい、世間的価値にとらわれて自分のほんとうの心を見失っているというあり方と言っていいでしょう。結合と離反を繰り返す、この常態のない世の中で、得をするか損をするかの世間知を最大限働かせて走り回る人々の生きるさまがまさにそうなのであり、それは世間の思わくに惑溺《わくでき》し酔い痴れた者の姿と言うこともできます。三十八段冒頭の言葉を用いて言うと、「名利《みやうり》に使はれて、閑《しづ》かなる暇《いとま》なく、一生を苦しむる」人のあり方に他なりません。

「名利(己の名誉欲・金銭欲)」に掻き立てられ、寸暇を惜しんで世間的地位や財を獲得しようと生きてきた人にとって、することがない「つれづれ」なる状態は、世間的なポストもなく、今や名声にも利益にも関われそうもない空虚な時間であり、それは苦痛でしかないことになるのです。

そんな中にあって、兼好法師は「まぎるる方なく、ただひとりあるのみこそよけれ」と言い、また「縁を離れて身を閑かにし、事にあづからずして心を安くせん」と言います。「まぎるる方なく」とは、この世の他事、すなわち本質的には自分自身に関係しないもろもろのことには心を移すことなくということであり、「ただひとりある」とは、自己の身が何ものにも寄りかからず独立した状態を保っているということでしょう。そして、同じことですが、それをより詳しく述べれば、「縁を離れて身を閑かにし、事にあづからずして心を安くせん（世俗の諸縁を離れて我が身を閑寂にし、雑事に関わらないで心を安らかにする）」ということなのです。

こういう言い方で兼好法師は何を言っているのでしょうか。俗世に背を向けよとかそんなことを言っているのでは決してないでしょう。兼好法師の言わんとするところ、それは、世間を生きてゆく中で、人々とさまざまな交わりを持つ中で、世間（的価値）に同化してしまう人間になってはならない、言い換えると、世間に対しある距離を置いて自分自身を保持するように常に努めなくてはならない、ということだと思います。

私は「古典の中の自由人」というテーマで、いくつかの古典の作中人物や作者の心のあり方について述べてきましたが、『徒然草』を二度三度読み返すうちに、「これぞ自由人」という人にようやくほんとうに出会った気がしました。兼好が三十歳の頃、出家遁世したのは、世をはかなんだわけでも何でもなく、わが自由を確保しようとしてのことだったと私は確信します。「朝夕君に仕へ、家を顧みる営み」（五十八段）から解き放たれた遁世者であることが、あの時代にあって最も自由人であり得たのです。『徒然草』の中で何度も「諸縁放下《ほうげ》」「直《ただち》に万事を放下」「いとまある身になりて、世のことを心に懸けぬを、第一の道とす」といったことを兼好法師は繰り返し言っています。それらは私には、世間的価値に埋没するなかれ、世間に魂を売り渡すな、迷妄の中に夢見ることをやめ、覚醒した己の精神の自由を常に確保せよと言っている言葉に他ならないように思われます。

3

兼好法師の精神が右に述べたようなものであったことを知るとき、彼が「妻《め》といふもの」について言ったあの有名な段もよく理解できるのではないでしょうか。

妻《め》といふものこそ、男《をのこ》の持つまじきものなれ。「いつも独り住《ず》みにて」など聞くこそ、心にくけれ。「誰《たれ》がしが婿になりぬ」とも、また、「いかなる女をとりすゑて相住む」など聞きつれば、無下《むげ》に心劣りせらるるわざなり。ことなることなき女をよしと思ひ定めてこそ添ひゐたらめと、いやしくもおしはかられ、よき女ならば、らうたくして、「あが仏《ほとけ》」と守りゐたらめ。たとへば、さばかりにこそと覚えぬべし。（百九十段）

少し読みづらいところもあり、解釈の分かれるところもありますので、私なりの解釈で、現代語訳を付けてみましょう。

妻《つま》というものは、男が持ってはならないものである。「あの人はいつも独りで暮らしていて」などと聞くと、心引かれる。「誰それの婿となった」とか、また「これこれの女を迎えて、同居している」などと聞いてしまうと、ひどく幻滅させられてしまうものである。たいした取り柄もない女をすばらしいと思い込んで連れ添っているのであろうと、その男も取るに足りないように想像されるし、万一よい女であるならば、かわいがって、まるで

「わが仏」とばかり大切にしているのであろう。言ってみれば、その男はそのくらいのところだろうとどうしても思えてしまう。

ある男が女と連れ添って暮らしている、女を大切にしていると知ったとき、何か男に期待したものが裏切られた気持ちがする（「心劣りせらる」）とは、家におさまった男、家庭的な男、「家を顧みる」男は、一個の男子の本来のあり方ではないと見る考え方が兼好法師にはあったということでしょう。ですから、男は「独り」であってこそ奥深い魅力が感じられる（「心にくし」）と言うのですが、兼好法師は「家庭的な女」もまるで認めていません。右に続く文章も引用しましょう。

まして、家のうちをおこなひをさめたる女、いとくちをし。[1]子など出《い》で来て、かしづき愛し[2]たる、心憂し。[3]男なくなりて後《のち》、尼になりて、年寄りたるありさま、亡《な》き跡まであさまし。[4]いかなる女なりとも、明け暮れ添ひ見んには、

1　くちをし　期待外れでがっかりだ
2　かしづき　大切に育て
3　心憂し　いやな感じだ
4　あさまし　見苦しい。みっともない
5　心づきなく、憎かりなん　気にくわず、いやにもなろう

いと心づきなく、憎かりなん。[5] 女のためも半空《なかぞら》にこそならめ。[6] よそながら[7]時々通ひ住まんこそ、年月経ても絶えぬ仲らひともならめ。あからさまに来て、[8] 泊まりゐなどせんは、[9] めづらしかりぬべし。[10]

（百九十段）

---

6 女のためも半空にこそならめ　女にとってもどっちつかず（男からは嫌われながら、他に頼るべき方もない状態）になろう
7 よそながら　他所に住んでいるままで
8 あからさまに来て　男が不意にやって来て
9 泊まりゐなどせんは　泊まっていったりなどするのは
10 めづらしかりぬべし　新鮮な感じがするであろう

女性について兼好法師はあれこれ論じています（「女の性《しやう》は皆ひがめり」というあの有名な百七段など）。ここでは女性についての兼好法師の考え方に深入りはしませんが、家庭的な女・主婦・母親というものを評価する目は彼にはなく、女もまた「独りの女」でなくては魅力ある存在ではなかったのは確かなようです。男も女も所帯じみることなく、「独りの男」と「独りの女」どの仲であり続けること、それこそがほんとうの男女関係だと兼好法師は見ていたように思われます。

4

終わりに、『兼好家集』より交友にちなむ和歌を三首取り上げて、「兼好の交友論」の締め括りにしたいと思います。まずは「友」を詠んだ二首の歌です。

山里の住まひもやうやう年経《へ》ぬることを
さびしさもならひにけりな　山里に訪《と》ひくる友のいとはるるまで

とぶらふべきことありて都に出《い》でて
たちかへり都の友ぞ訪《と》はれける　思ひ捨てても住まぬ山路《やまぢ》は

*「訪はれける」の「れ」は「自然と〜する気になる。〜しないではいられない」の意を表す自発の助動詞。

前者は、ときに訪ねくる友がいとわしく思われるまでに山里で何年も独り暮らすことになれてしまったというのですが、山里の暮らしを「さびしさ」と表現していますから、人恋しい思いを胸のうちからすっかり消してしまうことはできなかったのでしょう。

後者は、都の友を訪ねていかなくてはならないことがあって一度都に出て会うと、すぐにまた会いたくなってしまうとは、都の暮らしを思い捨てたとはいっても山里に住むことにもなっていないというものです。友恋しさは抑えようもなく、山里のさびしい暮らしになじんでしまえない真率な気持ちが詠まれています。兼好法師の心のうちでは、独りでありたいという気持ちと、その一方で友を求めずにはいられない気持ちと、相矛盾した気持ちがいつも揺れ動いていたということでしょうか。

最後に取り上げる一首は、嵯峨嵐山の法輪寺まで兼好法師を訪ねてきた人に贈った歌です。

法輪にこもりたるころ、人の訪《と》ひ来て、
帰りなむとするに、
もろともに聞くだにさびし　思ひおけ　帰らむあとの嶺《みね》の松風

訳すれば、今響いているさびしい松風の音を、あなたが帰ってしまった後、私がどんなにさびしい思いで一人聞くことになるか、心にとどめおきください、といったところでしょうか。独りあることのさびしさがまことに素直に詠まれていますが、この歌は、そのさびしさをよく理解するであろう人に向かって詠まれています。さびしさが友と共有されることが求められているのです。兼好法師にとって、独りあることと交友することは相反することではなかったでしょう。彼においては、互いに独りあることを保持してこそ友との深い交わりは成り立ったのだと思われます。

人との交わりについて兼好法師の基本的な考え方を述べた百七十段と、世間の思わくに引きずられず、「ひとりある」ことの重要性を説いた七十五段の文章を、補足説明を付けて以下に再録しておきます。

〈百七十段〉

さしたることなくて人のがり行く[1]は、よからぬことなり。用ありて行きたりとも、そのこと果てなば[2]、とく[3]帰るべし。久しく居たる、いと

1 人のがり　人のもとへ
2 そのこと果てなば　その用事が終わったならば
3 とく　早く。すぐに
4 むつかし　不快だ。うっとうしい

むつかし。[4]

人と向かひたれば、詞《ことば》多く、身もくたびれ、心も閑《しづ》かならず。よろづのこと障《さは》りて[5]時を移す、互ひのため益《やく》なし。いとはしげに[6]言はんもわろし。心づきなき[7]ことあらん折は、なかなか[8]、その由《よし》をも言ひてん[9]。

同じ心に向かはまほしく思はん人[10]の、「つれづれにて[11]、今しばし。今日は心閑かに」など言はんは、この限りにはあらざるべし。阮籍《げんせき》が青き眼《まなこ》、誰《たれ》もあるべきことなり。そのこととなきに[12]人の来たりて、のどかに物語して帰りぬる、いとよし。また文《ふみ》[13]も、「久しく聞こえさせねば[14]」などばかり言ひおこせたる[15]、いとうれし。

〈七十五段〉

---

5 障りて　差し障りが生じて
6 いとはしげに　いやそうに
7 心づきなき　気にくわない
8 なかなか　かえって。むしろ
9 その由をも言ひてん　気にくわないそのわけを言ってしまおう
10 同じ心に向かはまほしく思はん人　気が合ってずっと対座していたいと思うような人
11 つれづれにて　することもなくて
12 そのこととなきに　これという用件もないのに
13 文　手紙
14 聞こえさせねば　（お手紙を）差し上げていないので
15 言ひおこせたる　書いて寄こしたのは

つれづれ[1]わぶる[2]人は、いかなる心ならん。まぎるる方《かた》なく、ただひとりあるのみこそよけれ。

世に従へば、心、外《ほか》の塵[3]に奪はれて惑《まど》ひやすく、人に交《まじ》はれば、言葉よその聞き[4]に随《したが》ひて、さながら心にあらず[5]。人に戯れ、物に争ひ、一《ひと》度《たび》は恨み、一度は喜ぶ。そのこと定まれることなし。分別《ふんべつ》みだりに起こりて、得失《とくしつ》やむ時なし。惑ひの上に酔《ゑ》へり、酔ひの中に夢をなす。走りて急がはしく、ほれて[6]忘れたること、人皆かくの如し。

いまだ、まことの道[7]を知らずとも、縁を離れて身を閑《しづ》かにし、事にあづからずして[8]心を安くせんこそ、しばらく楽しぶとも言ひつべけれ[9]。

---

1 つれづれ　することもなく所在ないこと
2 わぶる　つらく苦しく思う
3 外の塵　世塵。外界の俗事
4 よその聞き　外聞
5 さながら心にあらず　まったくもって自分の心そのままではない
6 ほれて　ぼんやりして。放心して
7 まことの道　仏の説く、真実の悟りに到達する道
8 事にあづからずして　雑事に関わらないで
9 しばらく楽しぶとも言ひつべけれ　（永遠でなく）一時的であろうとも生を楽しんでいるとも言えよう

第十三回　『山家集《さんかしゅう》』——心の月を磨く人

1

西行（一一一八〜一一九〇）の歌は、平安末期から今日まで多くの人の心をとらえてきました。西行は存命中から名声を馳せた歌人であり、現代でも西行に関する実に多くの本が出版され、雑誌で特集も組まれたりしています。私にとってもずっと気になる人でありましたが、退職した身となって、やっと『山家集《さんかしゅう》』並びに『新古今集』所収の歌を読み通したところです。その他のいくつかの家集はぱらぱらと目を通した程度ですが、この人の歌、この人の生き方を少しなりと知っただけでも、自分の理解し得た範囲で西行について書いてみたい気持ちに誘われました。以下の文章は「わが西行入門」といったところです。

西行について基本的な知識を得ようと読んだ本の中で、大いにためになったのは吉川弘文館の「人物叢書《そうしょ》」の一冊、目崎徳衛著『西行』です。その中に、若き西行の姿を同時代の人間が書き記した資料として『台記《たいき》』の一節が引用されています。『台記』は保元の乱で敗死した藤原頼長《よりなが》（一一二〇～一一五六）の日記ですが、康治《こうじ》元年（一一四二）三月十五日の条に、二十三歳ながらすでに内大臣の地位にあった頼長のもとを二十五歳の西行が訪ねた日のことが記されているのです。

十五日　戊申《つちのえさる》。侍《さぶらひども》共をして弓を射しむ。西行法師来たりて云はく、「一品経《いっぽんぎやう》を行ふに依《よ》りて、両院以下の貴所、皆下し給ふなり。料紙の美悪を嫌はざれども、只《ただ》自筆を用ふべし」と。余《よ》、不軽《ふきよう》を承諾す。又《また》余、年を問ふ。答へて曰はく、「二十五なり。【去々年出家す、二十三。】」と。そもそも西行は、本《もと》兵衛尉義清なり。【左衛門大夫康清の子。】重代の勇士を以つて法皇《（鳥羽）》に仕へ、俗時より心を仏道に入《い》る。家富み、年若く、心に愁《うれひ》無きに、遂に以つて遁世す。人これを嘆美するなり。（以上は、漢文の日記を書き下したもの）

西行が内大臣頼長を訪ねたのは、一品経の勧進《かんじん》のため、すなわち法華経全二十八品の中の一つを書写し、これに供養料を添えて寄進する（それが善根を積むことになる）ことを求めでであったのです。鳥羽法皇並びに崇徳上皇の「両院」以下貴顕の方々もみな勧進に応じておられるので、内大臣にもぜひお願いしたく参った次第、経を書く紙の質は問わないが、ご自身でお書きいただきたい。こう申し出た西行に対し、頼長は「不軽品《ふきようぼん》（常不軽《じようふきよう》菩薩品《ぼさつほん》）」を写すことを快諾し、西行の年齢を尋ね、二年前に西行が出家したことも書き添えています。さらに出家以前の官職、俗名まで記し、鳥羽院に代々仕える武者の家柄で、家は裕福にして、前途を悲観することなど何もないのに、仏道に心を寄せ、二十三歳の若さで出家したこと、当時の人々が感嘆し賞賛したことを書き加えています。

西行の俗名は佐藤義清《のりきよ》と言い、下級武官の兵衛尉《ひようえのじよう》で、鳥羽院に仕える「北面の武士」でした。北面の武士は、容姿端麗の者が選ばれ、弓術・馬術にすぐれ、詩文・和歌・管弦・歌舞の心得も必要で、五位・六位の卑官ながら宮廷の花形であったということです。家が裕福であったというのは、佐藤家は紀伊の国に「田仲庄《たなかのしよう》」という庄園を持つ、小さいながら庄園領主であったことによっています。このように、この俗世を生きる条件はむしろ整っていたと言っていい西行が、二十三歳のときにきっぱりと官位官職を捨て、院に仕えることも辞し、仏道修行の身となった。それは当時の貴族社会においてその潔さが評判にもなったというのですが、頼長の『台記』を読んで思うのは、西行は出家してまだ二年の新発意《しんぼち》でありながら、すでに高貴な人たちに鮮烈な印象を残すような法師であったということです。西行という人物を目の前にしたとき、この男は内面に何か計り知れない強いものを秘めている、そんな感じを人に抱かせたように思われます。そうでなければ、初対面の若い僧に内大臣が歳《とし》を尋ね、その経歴を日記に記すこともなかったことでしょう。

次に、南北朝時代の歌人頓阿《とんあ》が記した歌学書『井蛙抄《せいあしょう》』（一三六〇〜一三六四年頃成立）の一節を紹介しましょう。これは第九回に『発心集』を取り上げたときにも一部引用しましたが、ここではその全文を掲載することにします（比較的読みやすい古文です）。西行について数多くあるエピソードの中で最も有名なものと言ってよいでしょう。

文覚《もんがく》上人は西行を憎まれけり。その故は、遁世の身とならば、一《ひと》すぢに仏道修行のほか他事あるべからず。数寄《すき》を立て[1]てここかしこにうそぶきありく[2]条、憎き法師なり。いづくにても見合ひたらば頭《かしら》を打ちわるべきよし、常のあらまし[3]にてありけり。

---

1 数寄を立て　風流（和歌）をことさらにし
2 うそぶきありく　詠んでまわる
3 あらまし　心づもり
4 天下の名人　天下に名高い歌

弟子ども「西行は天下の名人[4]なり。もしさることあらば珍事[5]たるべし」と嘆きけるに、或時、高雄法華会《ほけゑ》[6]に西行参りて、花の陰など眺めありきける。弟子どももこれかまへて上人に知らせじ[7]と思ひて、法華会も果《は》て坊へ帰りけるに、庭に「物申し候はむ[8]」といふ人あり。上人「たそ[9]」と問はれたりければ、「西行と申す者にて候ふ。法華会結縁《けちえん》[10]のために参りて候ふ。今は日暮れ候ふ。一夜この御庵室に候はんとて参りて候ふ」と言ひければ、上人内にて手ぐすねを引いて、思ひつる事叶ひたる体《てい》にて、明り障子を開けて待ち出《い》でけり。しばしまもりて[11]「これへ入らせ給へ」とて入れて対面して、年頃承り及び候ひて見参《げんざん》[12]に入りたく[13]候ひつるに、御尋ね[14]悦び入り候ふよしなど、ねんごろに物語して、[15]非時[16]など饗応して、つとめて[17]また斎《とき》[18]などすすめて帰されにけり。

弟子たち手を握りつるに、無為[19]に帰しぬる事喜び思ひて、

人

5 珍事　重大事

6 高雄法華会　高雄山神護寺での法華経法会《ほうえ》

7 かまへて上人に知らせじ　決して文覚上人に知らせまいとして

8 物申し候はむ　ごめんくださいませ

9 たそ　どなたか

10 結縁　仏の教えに触れ、仏と縁を結ぶこと

11 まもりて　（西行を）じっと見つめて

12 年頃承り及び候ひて　数年来あなたの評判を承っていまして

13 見参に入りたく　お目に掛かりたく

14 御尋ね　ここを御尋ね下さったこと

「上人はさしも西行に見合ひたらば、頭打ち割らむなど、御あらまし候ひしに、ことに心閑《しづ》かに御物語候ひつること、日ごろの仰せには違《たが》ひて候ふ」と申しければ、「あら言ふかひなの[21]法師どもや。あれは文覚に打たれんずる者の面様《つらやう》か[22]。文覚をこそ打たんずる者[23]なれ」と申されけると云々。

文覚上人は『平家物語』に何度も登場する人です。頼朝に平家追討の蜂起を促した人物として最も知られているかと思いますが、真夏の太陽が照りつける昼間も夜も山の藪の中に七日間仰向けに寝て、虻《あぶ》・蚊・蜂《はち》・蟻《あり》等の毒虫から刺される苦行をやってても何ということもなかったと平然と言ってのけ、また真冬に那智の滝壺に二十一日間浸かる荒行《あらぎょう》にも

15 ねんごろに物語して　心から親しく話をして
16 非時　夜食
17 つとめて　翌朝
18 斎　朝食
19 無為に　無事に。何事もなく
20 さしも　あれほど
21 言ふかひなの　言う甲斐もない。取るに足らぬ
22 打たれんずる者の面様か　殴られるような面構えをしているか
23 打たんずる者　殴りそうな者

果敢に挑んだ、とんでもない荒法師です。吉野の大峯《おおみね》、白山《はくさん》、立山《たてやま》、富士山など日本国中の霊山を修行して回ってもいます。そのような文覚が、「数寄の遁世者」西行を快からず思っていたにもかかわらず、初めて目の前に現れた西行を「しばらくまもりて」（この、じっと見つめて西行という人物の見定めをしたというところが右の文章の要《かなめ》です）、ねんごろに「物語し」もてなし、後で弟子に向かって、「この俺に殴られそうなたまではない、この俺をぶん殴りそうな不敵なやつだ」と言ったというのです。あんまりよくできた話で、西行にまつわる数多くの作り話の一つと思えなくもありませんが、『台記』と並べ読むと、穏やかな振る舞いの中に、これはただ者ではないという気魄を感じさせる人であったことを証しする貴重な逸話と考えてよいでしょう（『井蛙抄』と同時期に成立した説話『古今著聞集《ここんちょもんじゅう》』には、西行の大峯での修行を描く話がありますが、その中では「（西行は）もとより身はしたたかなれば」と身体の屈強さが強調されています）。

以上のことは外から見られた西行です。西行がその内心において出家遁世ということをどう考えていたのか。出家とは彼にとってどういうことであったのか。彼の歌一首一首にできうる限り迫ることで、これからそれを考えていこうと思います。

2

勅撰集に初めて選ばれた西行の歌として次の歌があります。

身を捨つる人はまことに捨つるかは　捨てぬ人こそ捨つるなりけれ（『詞花集』）

『西行法師家集』では最初の一文字が違っていて、

述懐の心を
世を捨つる人はまことに捨つるかは　捨てぬ人こそ捨つるなりけれ

とあります。「身を捨つ」も「世を捨つ」も出家するという意味では同じですが、微妙な表現の違いも取り込んで私なりの解釈をすると次のようになります。

俗世のわが身を捨てて出家した人はほんとうにわが身・わが世を捨てたということにな

るのだろうか、いやいや、俗世のわが身を捨て得ず出家もできない人こそ自分自身を・おのれの人生を捨ててしまっているのだ。

一見理屈っぽい歌のように見えますが、出家をせず北面の武士としてあり続けることは自分の本来あるべき生を失うことになるという明確な認識、そして出家へのきっぱりした意志が示された歌だと思います。

『玉葉集』に載る西行の次の歌も同じことを詠んだ歌だと思われます。

鳥羽院に出家《すけ》のいとま申すとてよめる
惜しむとて惜しまれぬべきこの世かは　身を捨ててこそ身をも助けめ

この歌の私の解釈は次の通りです。

この俗世のどんなこともいくら愛着愛惜しようとも失わずいとおしむことができるものでしょうか、いや決してそんなことはありません（この世のことにいつまで愛着していてもどうにもならないと私は思いました）。北面の武士を辞し出家してこそ自分自身を救う道だと思うに至りました。どうかこのことをお認めいただきたく存じます。

『山家集』に載る次の歌も、右の歌と同時期に詠まれたと考えられます。

述懐

いざさらば　盛り思ふもほどもあらじ　藐姑射《はこや》が峯《みね》の花にむつれし

「藐姑射が峯」とは仙人が住むと言われる山、転じて上皇御所のことです。したがって、この歌の意味は次のようになります。

さあ別れの時が来た。鳥羽院に親しくお仕えし仙洞御所の花にも馴れ親しんだ、あの花盛りの頃を（そして北面の武士として盛んであった頃を）思うのも、あとわずかなことであろう。

これは北面の武士への決別宣言の歌に違いありません。

同じく『山家集』には次の歌もあります。

世の中を遁《のが》れける折、ゆかりありける
人の許《もと》へ言ひ送りける

世の中を背《そむ》きはてぬと言ひ置かん　思ひ知るべき人はなくとも

自分の出家を理解してくれる人がいるかいないかは問題ではなく、西行の出家が独り覚悟した上でのものだったことが分かります。

こうして西行は「身を捨てて身を助くる」道、すなわちおのれに忠実に生きる道を選んだわけですが、出家後間もない頃に詠まれた歌に次の歌があります。

世を遁《のが》れて、伊勢の方《かた》へまかりけるに、鈴鹿山にて

鈴鹿山うき世をよそにふり捨てていかになりゆくわが身なるらん　（『山家集』）

文字通りに読めば、出家の身となって、これからおのれが生はどうなっていくのだろうという将来への不安を詠んだ歌ということになりましょう。しかし、頼りなさ・心細さ故の心の揺らぎといったものはこの歌に感じられません。それ故、右の歌は出家したことを後悔する歌ではなく、選び取ったわが道を生きてゆくことを当然の前提として、遁世者として生きることは、この先自分はどういう道を歩むことになるのだろうかと身の震えるよ

うな思いをそのままに表したものだと思います。それと言うのも、西行はただ修行僧となろうとしているのではないのです。彼のこれからの歩みが示す通り、彼はときに花狂いと言われるまでに「数寄《すき》」にのめり込み、己《おの》がその時々の思いを歌に表現していくことになります。そんな誰にも理解されないような詩的表現への強い意志を心中深く抱く者にとって、出家はどうしても選ばなければならない道だったとしても、これから誰も歩まなかったような道を自分が歩まなければならなくなる予感は十分にあったことでしょう。そういう意味において言うのであれば、「将来への不安を詠んだ歌」というのも間違いではないように思えます。

右の歌の表現技法について一言触れておきますと、「鈴」「ふり（振り）」「なり（鳴り）」「なる（鳴る）」と縁語が用いられています。西行の歌についていつも感じることですが、西行はわざと俗語を取り込んだり、自由奔放なくだけた歌もときに詠んだりしていますが、苦しい心の表白も美しく洗練されて整った形にいつも仕上げられています。生々しい烈《はげ》しさもなく技巧に堕することもない、その常に洗練された表現の見事さが都の貴族にも好まれ、貴族趣味からほど遠いわれわれ現代人にも愛される理由ではないかと思われます。

3

では、自らを北面の武士として上皇に仕える佐藤義清ではなく、出家遁世者西行でなければならないと考えたとき、西行は自分自身にいかなる心のあり方を求めていたのでしょうか。それは月を詠んだ多くの歌を見ることで分かってくるところがあるように思います。『新古今集』の中に次の西行の歌があります。

月の色に心を清く染めましや　都を出《い》でぬわが身なりせば

私はこの歌を初めて見たとき、まず「月の色に心を清く染む」という表現に驚きを覚えました。夜の月をつくづくと眺めて、それをただ美しい対象物、景色として見るというのではなく、あの月の色に自分の心が染まる、そういうとらえ方をする人がいるということ、そして月色に清く染まる自分こそが本来の自分だと思う人がいることにはっとさせられたのです。

出家して都を出ることがない自分であったならば、月の色にこれほど心が清く染まったであろうか。ということは、出家をして都を離れ修行の旅に出たからこそ今自分はこうして月の色に心を清く染めることができたということになります。

右の歌と表裏の関係にあると言ってよい歌がやはり『新古今集』にあります。

都にて月をあはれと思ひしは数《かず》にもあらぬすさびなりけり

*『山家集』では第四句が「数よりほかの」。

都でもしみじみと月を見たが、そんなものは物の数でもない（数の中に入らぬ）ただの慰み・気晴らしでしかなかったというのです。

西行という人は、花（桜）に心が慰められることはあっても、心の奥深くで慰めを得られるものとして月を見ることはなかった人のように思われます。それは次の二首の歌を比べるだけでもよく分かります。花は心を浮き立たせるものであったのに対して、月は眺めれば眺めるほど心を沈潜させるものであったことによるのでしょう。

春ごとの花に心をなぐさめて六十《むそぢ》あまりの年を経《へ》にける　（『聞書集《ききがきしゅう》』）

ながむるに慰むことはなけれども月を友にて明かす頃かな　（『山家集』）

月に「なぐさみ」を見るような見方に西行が強く反発した歌があります。『聞書残集《ききがきざんしゅう》』にある次の歌です（『宮河歌合《みやがわうたあわせ》』にも）。

憂《う》き世にはほかなかりけり　秋の月ながむるままに物ぞかなしき

初句・二句の「憂き世にはほかなかりけり」の意味がすぐには私は分かりませんでしたが、『西行全歌集』（岩波文庫）の注に参考歌として示されている『拾遺和歌集』の歌と並べて読むと、はっきりします。

妻《め》に後《おく》れて侍りける頃、月を見て　　大江為基

ながむるに物思ふことのなぐさむは月は憂き世の外《ほか》よりや行く

大江為基の歌は、妻に先立たれて悲しみの中にあったときに月を見て詠んだというもので、月を眺めていると哀傷の心が慰められる、それは月が「憂き世の外」を巡ってゆくからだろうか、といった意味の歌です。

月は「憂き世の外」にあるから月を見ると心が慰むのかと詠んだ為基に向かって、何をたわけたことを言っているかと噛みついたのが西行の歌なのです。われらが生きるこの憂き世に「憂き世の外」などないのだ。秋の月は眺めるほどにわが身を悲しくするものだと西行は言うのです。

月を詠んだ歌で西行の心のあり方を知り得る歌をもう二首、『山家集』から見ることにしましょう。

月に寄する述懐
世の中の憂きをも知らで澄む月の影はわが身の心地こそすれ

心に思ひけることを
いかでわれ清く曇らぬ身になりて心の月の影を磨かん

空に清らかに澄む月、あれこそが私自身なのではないか。そうであるならば、それはきっと私の心のうちにあるはずで、その「心の月」を曇らせないで磨いていくには自分はいかに生きてゆくべきなのか、それが西行にとって生涯の課題であったように思われます。

空の月を見上げながら何度となく、ときに歩んできた過去を振り返り、ときにこれから歩みゆく未来を考えたであろうことを思わせる次のような歌もあります。これも『山家集』の中の一首です。

何事かこの世に経たる思ひ出を問へかし　人に月を教へん

解釈を示すと、「何であったか、この世を生きた思い出は」と私に問いかけてほしい。そうしたらその人に、「それは月であった」と教えよう、となりましょうか。

4

空の月をつくづくと眺めて月の色で心を染めることを思い、わが心の中の月を曇らせまいと求めた西行が孤独でなかったはずはありません。『山家集』から二首の歌を引くことにしましょう。

たづね来て言問《ことと》ふ人のなき宿に木《こ》の間《ま》の月の影ぞさしくる
ひとり住む庵《いほり》に月のさしこずはなにか山辺《やまべ》の友にならまし
＊月のさしこずは…月の光がさしこんでこなかったならば。

そして、特に名高い次の歌も『山家集』にある歌です。

訪《と》ふ人も思ひ絶えたる山里のさびしさなくば住み憂《う》からまし

この山里の庵に自分を訪ねてくる人もいないと覚悟した孤独な境地にあっては、このさびしさがなかったら住みづらいことであろう、さびしさがあればこそこの山里も住みづらくはないと、さびしさに徹した歌です。

ただこの孤独は決して人を拒絶する孤独ではないと私は思います。次のような歌も『山家集』に詠まれているからです。

霜さゆる庭の木の葉を踏みわけて月は見るやと訪《と》ふ人もがな
花も枯れ紅葉《もみぢ》も散らぬ山里はさびしさをまた訪ふ人もがな

＊もがな…「～がいたらいいなあ」という願望を表す助詞。

さびしさに堪へたる人のまたもあれな　庵《いほり》ならべん　冬の山里

＊またもあれな…他にもあってほしいものだ。

このような歌から、西行が人との関係を断ち切った閑寂独居というものを愛した人ではないことが分かります。しかしまた、むやみにさびしさを紛らわす友を恋い求めているのでもありません。西行が求めているのは自分と同じく「さびしさに堪へたる人」なのです。ある人がさびしさに堪えているとしたら、さびしさを堪えているというその点において分かり合うことができる。そういう形でつながりあえる友こそが西行が求めた友であったと考えられます。

一般的に言っても、人と人とが分かり合える、友愛の感情が生まれるというのは、相手が幸せに包まれていることを理解することによってではなく、相手が何か悲しみに堪えている、それを理解することによってではないかと思います。さびしいからひとり孤立し孤独になる（他と孤絶する）というのではなく、さびしいからそのさびしさを共有することでつながりあえるという可能性を、ここに見ることができるように思います。

この西行の「さびしさ」に時代を超えて深く共感したのが漂泊の俳人芭蕉でした。芭蕉が洛西嵯峨の向井去来の別荘落柿舎《らくししゃ》に滞在した間の日記『嵯峨日記』の元禄四年（一六九一）四月二十二日の条に、西行を心の師とする思いが記されています。

朝の間、雨降る。今日《けふ》は、人もなく、さびしきままに、むだ書きして遊ぶ。その言葉、

喪《も》に居る者は、悲しみをあるじとし、酒を飲む者は、楽しみをあるじとす。[1]「さびしさなくば憂からまし[2]」と西上人[3]の詠みはべるは、さびし

1 喪に居る者は〜楽しみをあるじとす　『荘子』にある言葉
2 さびしさなくば憂からまし　西行の歌「訪ふ人も思ひ絶えたる山里のさびしさなくば住み憂からまし」を指す
3 西上人　西行上人

さをあるじなるべし。また、詠める、[4]

　山里にこはまた誰《たれ》を呼子鳥《よぶこどり》　ひとり
　　住まむと思ひしものを[5]

ひとり住むほど、おもしろきはなし。長嘯《ちやうせう》[6]隠士の曰《いは》く、「客は半日の閑《かん》[7]を得れば、あるじは半日の閑を失ふ」と。素堂《そだう》[8]、この言葉を常にあはれぶ。[9]予もまた、

　憂き我をさびしがらせよ閑古鳥《かんこどり》[10]

とは、ある寺にひとり居て言ひし句なり。

---

4 詠める　西行が詠んだ歌
5 「山里に…」の歌　西行の歌「山里に誰《たれ》をまたこは呼子鳥　ひとりのみこそ住まんと思ふに（この山里にいったい誰をもう一人呼ぼうと呼子鳥は鳴いているのだろうか。独りだけで住もうと私は思っているのに）」を一部誤記したもの。「呼子鳥」は鳴き声が人を呼ぶように聞こえる鳥。通説ではカッコウ
6 長嘯　木下長嘯子《ちようしようし》。近世初期の歌人
7 閑　ゆったりと落ち着いてしずかな時間
8 素堂　山口素堂。芭蕉の親友
9 あはれぶ　愛誦している
10 閑古鳥　呼子鳥と同じ鳥とされるが、どちらの名称を用いるかで意識が異なり、閑古鳥と言うときには寂寥感を主題とする（「新潮日本古典集成」の『芭蕉文集』の注による）

右に記されているように、芭蕉は西行の「訪ふ人も思ひ絶えたる山里のさびしさなくば住み憂からまし」の歌を引いて、西行を「さびしさをあるじ」とした人だと述べ、西行の境地はまたわが境地であることを示す「憂き我をさびしがらせよ閑古鳥（もの憂い思いのこの私をさらに深くさびしい思いにさせてくれ。さびしげな声で鳴く閑古鳥よ）」の句を作っているのです。

5

数百年後に西行は芭蕉という「さびしさに堪へたる」心の友を得たわけですが、存命中に心の友がいなかったわけではありません。西行が常に「同行《どうぎやう》」「同行に侍りける上人《しやうにん》」と呼んだ西住《さいじゆう》こそ、志を同じくして共に仏道修行に励んだ人でした。共に仏道を歩んだだけでなく、西住は共に歌を詠む人でもありました（藤原俊成が撰者であった勅撰和歌集『千載集』に西住の歌は四首入集しています）。

西行と西住とがいかに深く心を通わせ合った仲であったか、それをよく示す二人の贈答歌を見ることにしましょう。『山家集』にあるものです。

高野[1]の奥の院の橋の上にて、月明《あ》かかりければ、もろともに[2]ながめ明かして、その頃、西住上人京へ出《い》でにけり。その夜の月忘れ難くて、また同じ橋の月の頃[3]、西住上人の許《もと》へ言ひ遣《つか》はしける

ことと なく[4]君恋《こ》ひわたる[5]橋の上にあらそふ[6]ものは月の影のみ

返し

思ひやる心は見えで橋の上にあらそひけりな　月の影のみ

1　高野　高野山
2　もろともに　西住上人と一緒に
3　同じ橋の月の頃　西住上人と月を眺めた、その同じ橋の上で月が明るく仰がれる頃
4　ことと なく　特にどうということもなく（「ことと（事と）」は「とりわけ。格別に」の意の副詞）
5　わたる　「〜し続ける」の意の「わたる」と橋を「わたる」の掛詞
6　あらそふ　競う。張り合う

『別冊太陽　西行』（二〇一〇年）に吉野朋美「同行者西住との友愛」という文章があり、西行と西住との関係について実によくまとめられています。右の二人の歌の解釈もとても的確になされていますので、ここではそれをそのままお借りすることにします。

〈西行の贈歌の解釈〉

「何ということもなくあなたのことを恋しく思い続けながら渡る橋の上に、かつて一緒に見た夜の月の思い出に浸る私と影を競っているのは、月の影だけです」

〈西住の返歌の解釈〉

「あなたのことを思いやっていた私の心は見えなくて、橋の上でかつてのことを思い出すあなたと影を並べていたのは、月の光だけだったのですね」

西行は西住を「（あなたの姿がそばになくて）恋ひわたる」と言い、西住は西行を「思ひやる」と言っています。「月の影」しか「あらそふもの」がないのは、「あなたを思いやる私の心はあなたには見えていないのですね」という西住の切り返しもお見事です。このように、男女の相思相愛の仲にも擬せられるほどに二人は親密な間柄であったことが分かるのですが、私が特に注目したいのは、『聞書集《ききがきしゅう》』にある、次の二人の歌のやり取りです。

醍醐[1]に東安寺[2]と申して、理性房《りしやうばう》の法眼《ほふげん》[3]の房にまかりたりけるに、にはかに例ならぬこと[4]ありて大事[5]なりければ、同行《どうぎやう》に侍りける上人《しやうにん》たちまで来合《きあ》ひたりける

1 醍醐　醍醐寺。京都山科の真言宗寺院
2 東安寺　醍醐寺別院
3 理性房の法眼　賢覚。西住上人の師
4 例ならぬこと　病
5 大事　重篤

に、雪の深く降りたりけるを見て、心に
思ふことありて詠みける

頼もしな　雪を見るにぞ知られぬる　積もる思ひの降り[6]にけりとは

返し　西住上人

さぞな[7]君　心の月を磨くにはかつがつ[8]四方《よも》に雪ぞ敷《し》きける

醍醐寺の理性房賢覚の僧坊を訪ねていた折に、西行は急に病になり、重態になってしまったというのです。西住をはじめとする友人たちが呼び集められる中、西行は、雪が深く降り積もっているのを見て歌を詠みます。『西行全歌集』の注も頼りに解釈すると、「頼もしいことだよ。降り積もる雪を見ると、『積もる思ひ（自身のもろもろの煩悩）』が古くなってしまった（降り積もる雪で過去のものとして清められた）と、おのずと分かった（のだから）」となりましょうか。そう詠んだ西行に向かって、西住は、「その通りだよ。あなたが心の月を磨いてきたために、何はさておき（煩悩を清める）雪が辺り一面に降り敷いたの

6 降り　「降り」に「古《ふ》り」を掛ける。「古り」は「古くなる・過去のものとなる」意の動詞
7 さぞな　なるほど。いかにも
8 かつがつ　何はさておき。早くも

だよ」と返しました。

西行はここで死ぬことはありませんでしたが、西行の命が終わりになるかも知れないという状況において、おそらく西行のこれまでの一生を振り返ってでしょう、西住は「あなたは心の月を磨いてきた人であった」と西行をとらえているのです。それは、先にも引いた「いかでわれ清く曇らぬ身になりて心の月の影を磨かん」という西行の歌を、西住が心に留めていたということかも知れませんが、「心の月を磨く」とは、出家前から西行という人間をよく見、深く理解してきた西住が、西行という人物の本質を端的に言い表した言葉であろうと私には思われます。

6

最後に、西行の歌の中で世に最もよく知られた歌と、それに添えた藤原俊成の歌を紹介して結びとします。俊成の家集『長秋詠藻《ちょうしゅうえいそう》』に次のようにあります。

かの上人《しやうにん》、先年に桜の歌多く詠みけるなかに、

---

1 その如月の望月　釈迦が入滅した陰暦二月十五日

願はくは花の下《した》にて春死なん その如月《きさらぎ》の
望月《もちづき》[1]のころ

かく詠みたりしを、をかしく見たまへし[2]ほどに、つひにきさらぎ十六日望日《もちのひ》終はり遂《と》げける[3]こと、いとあはれにありがたくおぼえて、ものに書きつけ侍る

願ひ置きし花の下にて終はりけり 蓮《はちす》の上《うへ》[4]
もたがはざるらん[5]

---

2 見たまへし 私（俊成）は見ておりました
3 終はり遂げける 臨終を迎えた
4 蓮の上 蓮の花の上。極楽浄土をたとえていう
5 たがはざるらん 食い違う（背く）ことはないだろう

「願はくは」の歌は死を間近にして西行が詠んだものではなく、以前に「桜の歌」を数多く詠んだ中の一首だったようですが、西行の願い通り、文治六年（一一九〇）二月十六日に西行は七十三歳で亡くなります。西行より四歳年長で、終生の友人であり、西行が最晩年に伊勢神宮に奉納した自選の歌合《うたあわせ》の判詞も頼まれた俊成にとって、西行の死は感慨深いものであったことでしょう。「蓮の上もたがはざるらん（きっと極楽往生しているであろう）」という下の句は、心の月を磨き続け、歌人として鮮やかな軌跡を残し、あの世に旅

立った西行への餞《はなむけ》の言葉であったと思われます。

第十四回　『良寛《りようかん》全集』――〝ひとり遊び〟の精神

1

良寛のことは絵本にもまた漫画にも描かれています。なにがしかその人柄を知って、「良寛」とは呼び捨てにできず、「良寛さん」とつい呼びたくなる人も多いのではないでしょうか。

誰しもが思い浮かべるのは村の子どもたちと手まりをついて遊ぶ良寛の姿でしょう。越後出雲崎《いずもざき》に日々子どもと遊ぶ坊さんがいることは、良寛存命中にすでにかなり広く知られていたようです。東北や蝦夷地を長く旅し、その地方の風俗・習慣の記録を多く残した菅《すが》江真澄《えますみ》（『菅江真澄遊覧記』全五冊〔東洋文庫〕が特に著名です）も、秋田の地で良寛のことを聞き知り、「高志栞《こしのしおり》」という小さな作品に「てまり上人」と題する文章を書き残しています（『菅江真澄全集』第十一巻所収。「高志《こし》」は「越《こし》」、すなわち越前・越中・越後など「越の国」

のこと)。

〇てまり上人《しやうにん》

手毬《てまり》上人は出雲崎の橘屋由之《ゆうし》がはらからなり。[1] 名を良寛といふ。国上山《くがみやま》の五合に住みぬ。くし作り、[2] うたよめり。手[3]などはいとよけく、[4] 鵬斎翁[5]もこの書《て》などはいみじきよしを誉めり。托鉢にありくに、袖に手まり二ツ三ツを入れもて、児女手まりつく処《ところ》あれば、たもとよりいだして、ともにうちて小児《わらは》のごとに遊びける。まことにそのこころ童《をさなき》もののごとし。よめるうたに、

この里の宮の木下《こした》の子どもらと遊ぶ春日《はるひ》は暮れずともよし[6]

1 はらから　兄弟。由之は良寛の弟。橘屋《たちばなや》は良寛の生家山本家の屋号
2 くし　口詩（ものに書きつけないで口ずさみにした漢詩）
3 手（書）　文字。筆跡
4 よけく　良けく（万葉語）。「良いことは」の意
5 鵬斎翁　江戸の儒学者亀田鵬《ほう》斎《さい》。文化六～八年（一八〇九～一八一一）に越後に滞在
6 暮れずともよし　たとえ暮れなくてもかまわない

右の短い文章でも、良寛が漢詩、和歌、そして書において高く評価されていたことが分かりますが、彼の生涯（一七五八～一八三一）はおよそどのようなものであったのでしょ

うか。簡潔に記したものがありますので、まずこれを見ていただくことにしましょう。

良寛の最晩年に四年近く深い心の交流があった貞心尼《ていしんに》は、良寛が亡くなって五年後に良寛の歌九十四首と、良寛と自分との唱和歌五十七首を編みました。『はちすの露』という作品です。その作品の序文において、良寛の生涯を次のように要約しています。

> 良寛禅師と聞こえしは、出雲崎なる橘氏の太郎の主《ぬし》にておはしけるが、はたち余り二つといふ歳《とし》に頭《かしら》おろし給ひて、備中の国玉島《たましま》なる円通寺の和《を》尚《しやう》国仙といふ大徳の聖《ひじり》のおはしけるを師となして、年ごろそこにものし給ひしとぞ。[1]
> また、世にその名聞こえたる人々をば、あちこちとなくあまねく尋ねとぶらひて、国々に修行《すぎやう》し給ふこと、二十年《はたとせ》ばかりにして、つひにその道の奥を極め尽くしてのち、故里《ふるさと》に帰り給ふといへども、さらに住む所を定めず、ここかしこともものし給ひしが、後《のち》は国上《くがみ》の山にのぼり、自《みづか》ら水汲み薪《たきぎ》を拾ひて、行ひ澄ませ給ふこと三十年とか。島崎の里

---

1 年ごろそこにものし給ひし　長年、円通寺にいらっしゃった
2 かの道徳　人の規範ともなる良寛の立派な生き方
3 齢たけ給ひて　年を取りなさって
4 おぼつかなう思ひ給へらるる　心配に思われる
5 よそに　無関係なものと
6 かたへ　片隅
7 かしこに渡り給ひてむや。よろづはおのがもとよりものし

なる木村何がしといふ者、かの道徳[2]を慕ひて、親しく参り通ひけるが、齢《よはひ》たけ給ひて[3]かかる山陰にただ一人ものし給ふことの、いとおぼつかなう思ひ給へらるる[4]を、よそに見[5]過ごし参らせむも心苦しければ、「おのが家居《いへゐ》のかたへ[6]にいささかなる庵の空《あ》きたるが侍れば、かしこに渡り給ひてむや。よろづはおのがもとよりものし奉らん[7]」とそそのかし[8]参らするに、いかがおぼしけむ、稲舟《いなぶね》の[9]否《いな》とものたまはず、そこに移ろひ給ひてより、主《あるじ》いとまめやかに後見《うしろみ》聞こえければ[10]、禅師《ぜじ》[11]も心安しとて、喜《よろこ》ぼひ給ひしに、その年より六年《むとせ》といふ年の春の初めつかた、つひに世を去り給ひぬ。

奉らん　空いている庵にお移りになりませんか。何事も私どもがお世話いたしましょう

8 そそのかし　勧め促し

9 稲舟の　同音の「否《いな》」を導く枕詞

10 まめやかに後見聞こえければ　誠実にお世話申し上げたので

11 禅師　良寛禅師。「禅師」は尊称

良寛は越後出雲崎に何代も続く名主《なぬし》山本家の長男（「太郎の主《ぬし》」）として宝暦八年（一七五八）に生まれました。当然名主職を継ぐべき身でありながら、「はたち余り二つといふ歳」に出家し、備中（岡山県）玉島の国仙和尚という師のもとで禅の修行に励んだという

のですが、二十二歳で出家する以前の良寛についてここで少し語っておこうと思います。というのも、良寛の生涯には師というべき人が二人いて、一人は国仙和尚でありますが、十代の良寛にはもう一人大切な師、恐らく彼の人生を決定した師がいたと思えるからです。

2

良寛（幼名は栄蔵）は読書少年であったようです。少年期を振り返って良寛は次の漢詩を作っています。

一思少年時
読書在空堂
灯火数添油
未厭冬夜長

一《いっ》に思ふ　少年の時
書を読んで空堂に在《あ》り
灯火　数《しばしば》油を添ふれども
未だ厭《いと》はず　冬夜《とうや》の長きを

西郡久吾《にしごおりきゅうご》の『沙門良寛全伝』にも少年期の良寛について、「性、魯直《ろちょく》沈黙、恬淡寡欲《てんたんかよく》、人事を懶《ものう》しとし、ただ読書に耽る」とあります（「人事を懶《ものう》しとし」については後に述べることします）。

『定本　良寛全集』（中央公論新社）第三巻の「良寛略年譜」によると、良寛は大森子陽《しよう》という人の漢学塾三峰館に七歳のとき入学して九歳まで学び、子陽が江戸に遊学したために一旦中断しますが、十三歳のとき再開した三峰館に再入学し、十八歳まで学びました（三峰館は良寛の生地出雲崎から北に二十キロほど離れた地蔵堂にあったので、良寛は親戚の家に身を寄せて、そこから三峰館に通ったのでした）。大森子陽は当時北越四大儒者の一人と称された人で、この優れた師のもと、良寛は漢籍に関する教養を存分に身につけたようです（『古今集』や『平家物語』『徒然草』など日本の古典を読んでいたことも分かっています）。

少年良寛（栄蔵）は一度は学問（漢学）の道を志したのではないかと思います。次の二つの漢詩を見ての私の考えです（どちらも最初の二行だけを引用します）。

少小学文懶為儒　　少小《しょうしょう》文《ぶん》を学びて儒と為《な》るに懶《もの》う《う》く

少年参禅不伝灯　　少年禅に参じて灯を伝へず

（私は少年の時に漢文を学んだが、漢学者となるのは気がすすまず、若い時に禅門に入ったが、師の法灯を伝える者にはならなかった）

少小抛筆硯　少小筆硯《ひっけん》を抛《なげう》ち
窃慕出世人　窃《ひそ》かに出世《しゅっせい》の人を慕ふ
（私は少年の時に学問・学者の道を捨て去って
ひそかに出家した人（僧）にあこがれた）

「筆硯《ひっけん》を抛《なげう》ち」という言い方は、「筆硯（学問・詩文）」を以て生きることを考えてはみたが、心の内奥に禅の道へと促す声があったので、師と同じ学者（儒者）となる道を選ぶことは結局私はできなかったということではないでしょうか。

それでは、「出世《しゅっせい》の人を慕ふ」心を、良寛の内奥に生まれさせた人は誰だったのでしょうか。それも他ならぬ漢学の師大森子陽だったと私は思います。なぜなら、子陽自身が曹洞禅の修行をした人であったからです。子陽は二十三歳で江戸に出て、滝鶴台《たきかくだい》という人に漢学を学んでいますが、それ以前に、新潟市南区（旧白根《しろね》市）茨曽根《いばらそね》の曹洞宗永安寺十二世大舟和尚に師事して禅を学んだ人でありました（『現代語訳 北越奇談』二〇一ページ参照）。

そのこと以上に、何よりも子陽が良寛を禅の道へと導いたと思えてならないのは、亡き師を思って「涕涙《ているい》」する次の漢詩があるからです。大森子陽は良寛が出雲崎を離れて修行の旅にあったとき、五十四歳で亡くなりました（そのとき良寛三十四歳）。三十九歳で帰郷した良寛は亡き子陽の墓に詣でて、「子陽先生の墓を弔《とぶら》ふ」という次の詩を作っています。

古墓荒岡側
年年愁艸生
灑掃無人侍
適見芻蕘行
憶昔総角歳
従游狭水傍
一朝分飛後
消息両茫茫
帰来為異物
何以対精霊
我灑一掬水

古墓《こぼ》荒岡《くわうかう》の側《かたは》ら
年年[1] 愁艸《しうさう》[2] 生《しやう》ず
灑掃《さいさう》[3] 人の侍《じ》する[4]無く
適《たまたま》 芻蕘《すうぜう》[5]の行くを見る
憶《おも》ふ 昔総角《そうかく》の歳《とし》[6]
従ひ游《あそ》ぶ[7] 狭水《けふすい》[8]の傍ら
一朝《いつてう》[9] 分飛《ぶんぴ》[10]の後《のち》
消息両《ふた》つながら茫茫たり[11]
帰り来《きた》れば異物《いぶつ》[12]と為り
何を以てか精霊《しやうりやう》[13]に対《こた》へん
我 一掬《いつきく》の水を灑《そそ》ぎ

---

1 年年　毎年
2 愁艸　ものさびしげな草
3 灑掃　水を注ぎ、掃き清めること
4 侍する　そばに仕える
5 芻蕘　草刈りをする人と木こり
6 総角の歳　十七、八歳
7 游ぶ　遊学する（故郷を離れて学ぶ）
8 狭水　子陽の漢学塾三峰館があった近くの川
9 一朝　ひとたび。一度
10 分飛　遠く離れる。子陽は羽前《うぜん》鶴岡に、良寛は備中玉島へ行った
11 茫茫たり　はっきりしない
12 異物　あの世のもの。死者
13 精霊　子陽先生のみ魂《たま》

聊以弔先生
白日忽西沈
山野只松声
徘徊不忍去
涕涙一沾裳

聊《いささ》か以て[14]先生を弔《とぶら》ふ
白日[15]忽《たちま》ち西に沈み
山野只《た》だ松声《しょうせい》[16]のみ
徘徊して去るに忍びず
涕涙《ているい》一《いっ》に裳《もすそ》[17]を沾《うるほ》す

良寛は「何を以てか精霊に対へん（今、先生のみ魂に向かい、自分は何を以て先生から受けたご恩に報いることができるのか）」と言うばかりで、胸の内の思いをそれ以上何も語ってはいません。

確かに何も報いるものは良寛になかったでしょう。そのとき、良寛はどこの寺に所属することもない、何も誇れるものとてないただの乞食僧《こつじきそう》であったのですから。

しかし、意気軒昂たる三十代の子陽先生を心に思い浮かべて、「わが本然に立ち返って生きようとするとき、世縁を断ち、仏道に生きる道があることを先生は教えて下さいました、今私は乞食僧でありますが、おのが本然の姿で生きております」と、涙しながら、良寛は心の内でつぶやいたのではないか。いずれにしろここには特別の感情が流露していま

14 聊か以て　ほんのしばらく
15 白日　夕日
16 松声　松林に風が吹いて鳴る音
17 裳　僧が腰につける衣服

す。

良寛は父の跡目を継ぐべく十八歳で名主見習役に就きましたが、これを投げ捨てて出奔、「以後しばらく諸所を放浪」と「良寛略年譜」にあります。推測でしかありませんが、この間、良寛は「子陽先生」が修行した永安寺を訪ねたのではないでしょうか。出雲崎からは三十数キロの距離です。出奔した男にはふさわしい、故郷から隔たった地ではなかったか。そこでしばらく禅の修行らしきことをしたのではないかと私には思われます。

というのも、生前の良寛と交流のあった大関文仲《おおせきぶんちゅう》が書いた『良寛禅師伝』に「(良寛が)人に語つて曰く、世人皆謂ふ、僧となりて而《しか》して禅に参ずと、我は即ち禅に参じて而して後《のち》僧となると」とあるのです。通説では、十八歳から二十二歳まで曹洞宗光照寺の玄乗《げんじょう》破了《はりょう》和尚に身を託して修行したとなっていますが、光照寺は良寛の生家から歩いて十五分の距離にあります。しかも良寛の父と対立関係にあった敦賀《つるが》屋鳥井家の裏手にある寺です。若い良寛の足なら家から光照寺に小走りで十分ほどで行けたでしょう。家を出奔した男がこんな至近距離にある寺で四年も修行をしたものでしょうか。到底考えられないように思えます(二〇一八年十月、出雲崎を訪れての私の実感でもあります)。

3

良寛二十二歳のとき、「備中の国玉島《たましま》なる円通寺の和尚《をしやう》国仙といふ大徳の聖《ひじり》」は門人玄乗破了に請われ、光照寺での授戒会《じゆかいえ》に臨むため、北陸道を通って出雲崎に到着しました。国仙和尚を戒師に二百二十八人が宿泊錬成をしたと伝えられています。その中に良寛もいて、出家得度しました。ここに「大愚《たいぐ》良寛」（法号）が誕生し、国仙和尚の正式な弟子となったのです。随従の門人を連れ各地を巡《じゆん》錫《しやく》して備中に戻った国仙和尚に良寛も従いました（『別冊太陽　良寛』の仁保哲明「大忍国仙和尚」による）。

こうして良寛の円通寺での修行が始まりました。円通寺は曹洞宗の名刹で、道元禅師の清規《しんぎ》（禅宗の規則）を実践した厳しい修行道場として知られた寺でありましたが、その日課は本山永平寺よりもさらに厳しいものであったということです。現在（二〇〇八年時点）の円通寺の住職仁保哲明氏は、上記の『別冊太陽　良寛』の「禅を超えて」の中で、僧堂生活の一日はおよそ次のようなものであったと述べておられます。

三：〇〇起床。三：一五坐禅。四：三〇読経。六：〇〇朝食（粥・漬物・焼き塩）。七：

○○坐禅。八：○○作務（清掃）。九：○○仏書講義の聴講。一一：○○読経。一二：○○昼食（麦飯・味噌汁・煮しめ・漬物）。一三：○○自習（読書）。一六：○○坐禅。一七：○○読経。一八：○○軽い夕食（米の粉に湯を入れて食す）。一九：○○坐禅・講義・読経・運動（長時間の坐禅による血行不順を改善するため堂内を一周する）。二一：○○就寝（煎餅蒲団を二つに折り、中に挟まって寝る）。

良寛は師の講義には他の人に負けず早く出席し、坐禅のときは真っ先に座に着いて修行に励んだことが「憶《おも》ふ円通に在りし時」に始まる漢詩に詠まれています。良寛という人を考えるとき、彼がこのような厳しい修行の日々を十年余り過ごした人であったということ、これは忘れてはならないことだと思われます。

良寛三十三歳のとき、国仙和尚は雲水修行が成就したという証明である「印可《いんか》の偈《げ》」を良寛に授けました。それは次のようなものです。

附良寛庵主　　良寛庵主に附す
良也如愚道転寛　　良や愚の如く　道転《うた》た寛《ひろ》し

騰騰任運誰得看騰騰任運《とうとうにんうん》　誰《たれ》か看《み》るを得ん
為附山形爛藤杖為《ため》に附す　山形爛藤《さんぎやうらんとう》の杖
到処壁間午睡閑到る処《ところ》の壁間に午睡閑《のびや》かなり

（入矢義高訳注『良寛詩集』〔東洋文庫〕の「解説」に従い、一部修正した読み方）

このような詩偈《しげ》は門外漢の私にはよく分かるものではありませんが、仁保哲明氏は漢詩の一行目を「愚の如くあるのは良いことだ。お前が得た境地は何ものにも束縛されない広いものだ」と解釈されています。二行目の「騰騰」と「任運」は良寛の漢詩に何度も出てくる言葉です。「のびのびと自然のままに」という意味のようです。そんな良寛のあり方を「誰か看るを得ん」、つまり「他の誰が見ることができようか、この私が見ている」というのでしょう。三行目はこうしてお前の悟達を認めたので、私の杖を与えるということ。四行目の「のびやかな午睡（昼寝）」とは何なのか、悟入の境地を理解し得ない私などはいよいよついていけないところですが、この偈《げ》が全体として「大愚良寛」という名を使って、悟りに達した良寛という人間をまるごと国仙和尚が認めていることが分かればいいような気がします。

良寛の自画像というものが数点あり、その中の一つに「是此誰　大日本国国仙真子沙門良寛」と落款したものがあるということです。これについて、東郷豊治氏はその著書『良寛』（創元選書）の中で、「おれさまをだれだと思う、憚りながら大日本国にその人ありと知られた国仙和尚さまの直弟子の良寛だぞ、というところであろう」と述べておられます。良寛は国仙を師に仰いだことを終生の誇りとしていたのです。

少年期から青年期の良寛の資質を見極め、禅へと導いたであろう大森子陽、そして日々の禅の修行を指導し悟達まで見守った国仙和尚、この二人に出会ったことが良寛の人生の質を決定づけたと言えるでしょう。禅の修行が良寛をどのように変えたのかは簡単に言えることではありませんが、このような修行の時期を経たからこそ、その向こうに誰も歩むことがなかった人生を良寛が切り開いて行ったことは間違いないように思えます。

しかし、円通寺での修行をもって禅僧としての良寛の修行が終わったわけではありません。国仙和尚の印可を得た翌年、国仙が亡くなると、良寛は長い諸国行脚の途に就きました。「世にその名聞こえたる人々をば、あちこちとなくあまねく尋ねとぶらひて、国々に修行し」たようなのですが、どこの誰を訪ねたのかはよく分かっていません。ただ行脚僧良寛に四国の高知で会ったという記録があります。江戸の国学者近藤万丈《ばんじょう》が記した『寝ざめの友』です。そこに万丈が二十歳の時に経験したことが書かれているのですが、ここに登場する「了寛」がはたして本当に「良寛」なのか。疑う向きもありますが、二十二歳まで良寛に直《じか》に接し、『良寛禅師奇話』という良寛に関する数々の逸話を書き残した解良栄重《けらよししげ》は、この手記を読んでわざわざ確認のため江戸まで万丈に会いに行ったというのです（そして疑うことはなかったようです）から、信じていい記録なのでしょう。『良寛禅師奇話』には「土佐ニテ江戸ノ人万丈ト云フ人、（良寛と）一宿ヲ共ニセシト。其ノ時ノ事、万丈ノ筆記ニアリ」とあります。その「万丈ノ筆記」を以下に引用しましょう。

おのれ万丈、齢《よはひ》いと若かりし昔、土佐の国へ行きしとき、城下より三里ばかりこなたにて、雨いたう降り、日さへ暮れぬ。道より二町ばかり右の山の麓に、いぶせき[1]庵の見えけるを、行きて宿乞《こ》ひけるに、色青く面《おもて》やせたる僧のひとり炉をかこみ居《を》りしが、「食らふべきものもなく、風ふせぐふすまもあらばこそ[2]」と言ふ。「雨だにしのぎ侍らば何をか求めむ」とて、強《し》ひて宿借りて、小夜《さよ》更くるまで相対《あひ》

1 いぶせき　汚くみすぼらしい
2 風ふせぐふすまもあらばこそ　寝るとき体にかける夜具もありはしない
3 巳の刻　午前十時頃
4 おしまづき　文机
5 荘子　中国、戦国時代の思想書。のちの中国禅の形成に大きな役割を果したという書

して炉をかこみ居るに、この僧初めにもの言ひしより後《のち》は、一言《ひとこと》も言はず、坐禅するにもあらず、眠るにもあらず、口の内に念仏唱ふるにもあらず、何やら物語りてもただ微笑するばかりにてありしにぞ、おのれ思ふに、こは狂人ならめと。その夜は炉のふちにて寝て、暁に覚めて見れば、僧も炉のふちに手枕して熟《うま》く寝て居りぬ。さて明けはてぬれど、雨は宵よりもつよく降りて、立ち出《い》づべきやうもなければ、「晴れずとも、せめて小雨ならんまで宿貸し給はんや」と言ふに、「いつまでなりとも」と答へしは、昨日《きのふ》宿貸せしにもまさりて嬉しかりし。日の巳《み》の刻[3]過ぐる頃に麦の粉、湯にかき混ぜて食らはせたり。さて、この庵のうちを見るに、ただ木仏ひとつ立てると窓のもとに小さきおしまづき[4]据ゑ、その上に文二巻《ふみふたまき》置きたる外《ほか》は、何ひとつ蓄《たくは》へ持てりとも見えず。この文、何の書《ふみ》にやと開き見れば、唐刻の荘子《さうじ》[5]なり。そが中にこの僧の作とおぼしくて、古詩を

---

6 唐歌　漢詩

7 笈　背中に背負う、短い脚のついた箱

草書にて書けるが、はさまりてありしが、唐歌《からうた》[6]ならはねばその巧拙は知らざれども、その草書や目を驚かすばかりなりき。よりて、笈《おひ》[7]のうちなる扇《あふぎ》二つ取う出《で》て賛《さん》を乞ひしに、言下に筆を染めぬ。一つは梅に鶯の絵、一つは富士の嶺《ね》を描きしなりしが、今はその賛は忘れたれど、富士の絵の賛の末に、「かくいふものは誰《た》ぞ　越州の産了寛書《しる》す」とありしを覚え居りぬ。

宿を乞う若者に対して、拒むことはもとよりせず、所持する粗末な食い物は与え、賛の求めに応じながらも、ここには他人に決して心を開いていない良寛の姿があります。痩せて青ざめた顔、うすら笑いを浮かべるのみで、いったいこの僧、何を考えているのかもまったく分からない、もしかして狂人かとさえ思える。これが諸国を巡り歩いていたときの良寛の実像であったのでしょうか。所持するものは飢えをしのぐだけの麦の粉と木仏一つと二冊の漢文の書物のみ。ただ思索の中にあったのか、心は内向するばかりで、世間の人間など眼中になかったのか。後に見る、自然に対しても人に対してもやさしく柔らかに開

かれた心を持った良寛とは対照的な姿です。ただ、三十代の数年間を、良寛が異境の地で陰鬱とも言える漂泊の日々を過ごしたのであろうと想像することは、良寛という人の心の奥行きをより深く捉えることになるように思われます。

4

円通寺での修行が足かけ十三年、諸国行脚の旅が約五年、二十代の初めから三十代の終わりまで禅僧の修行者として生きた良寛は、貞心尼が言うように「その道の奥を極め尽くし」たのかどうかは分かりませんが、三十九歳にして越後に帰郷します。行脚中に詠んだと思われる歌に次の歌があります。「故郷をおもひて」の詞書が付いています。

草枕夜毎にかはるやどりにも結ぶはおなじふるさとの夢

この歌にある通り、良寛にとって故郷はやはり一日として忘れることができなかった所であったのでしょう。また、大森子陽の漢学塾三峰館で共に学んだ富取之則《とみとりゆきのり》の死を悼む漢

詩の一節でも、

子去東都東　子《きみ》[1]は東都[2]の東に去り
我到西海藩　我は西海の藩[3]に到る
西海非我郷　西海は我が郷に非《あら》ず
誰能長滞焉　誰か能《よ》く長く焉《こ》れに滞《とど》まらんや
去去向旧閭　去り去りて旧閭《きゅうりょ》[4]に向かひ

1 子　富取之則
2 東都　江戸
3 西海の藩　ここでは備中玉島を指す
4 旧閭　故郷

とありますから、良寛は修行の中にあっても「いずれ帰郷する」ことは考えていたのでしょう。しかし、三十九歳の帰郷は、前年に父の死を聞いたことが契機となったように思えます（良寛の父山本以南《いなん》は、いかなる故あってのことか、京都の桂川に身を投げるという死を遂げています）。良寛は乞食僧《こつじきそう》として故郷に帰ったのですが（これについてはすぐ後で詳しく述べることにします）、二十年近い修行を経て、父の前に乞食僧として姿を現すことはあまりに申し訳ないことであったに違いありません。二十二歳の自らの出家を思い起こして詠んだ長歌の一節を次に引用しましょう。

父にいとまを請ひければ　父が語らく　世を捨てし　捨て甲斐《がひ》なしと　世の人に　言はるな、ゆめと　言ひしこと　いまも聞くごと　思ほえぬ

＊ゆめ…断じて。決して。

良寛の出家を許した父は、せめて良寛が世間的にも「立派なお坊さん」になってくれることを願っていたのです。良寛もそれはよく分かっていました。ですから、父亡き今なら（良寛の母は良寛が二十六歳のときすでに亡くなっていました）、止みがたい故郷への思いに従ってもいいと思ったのではないでしょうか。

故郷へ帰ることを決めたとき、良寛は重大な決断をしました。「僧侶としての出世に不可欠な印可の偈」（仁保哲明氏の「禅を超えて」による）を活用しようとしなかったのです。印可を授かったときの良寛の僧侶としての立場は首座《しゅそ》、いわば僧堂のトップであったということですから、寺の住職や大寺に属する僧になることもできたはずです。しかし、彼は乞食僧として生きる道を選んだのです。

乞食僧として生きるということ、それは少なくとも次の四つが生活の基本となります。一に托鉢、二に自活、三に無所有、四に一人住まいです。

托鉢は、鉢を持って「鉢盂《ほう》」と唱えて村を巡り歩き、米や銭の施しを村人から受けることです（「托鉢《たくはつ》」は「鉢の中に物を受ける」という意の梵語に由来する言葉だそうです）。これは村人の喜捨によってわが命を繋いでいくというあり方に他なりません。

これについて良寛はよほど深く考えたようで、「請受食文《しやうじゆじきもん》」「勧受食文《くわんじゆじきもん》」という漢文でいく通りにも書かれた文章があります。その中から核となると思われる部分を以下に書き下し文で抜き出してみることにします。

「食《じき》を受けざれば則《すなは》ち身調《ととの》はず、身調はざれば則ち心調はず、心調はざれば則ち道行《ぎやう》じ難《がた》し（もし食を受けなければ餓えて肉体は調わない。肉体が調わなければ精神は調わない。精神が調わなければ仏道を行ずることはむつかしい）」。

「当《まさ》に三世《さんぜ》の諸仏も食《じき》を受けて成道《じやうだう》し、歴代の祖師も食を受けて灯《ともしび》を伝へたりと知るべし（まさに前世・現世・来世の諸仏も食を受けて仏道を成し遂げ、歴代の祖師たちも食を受けて法灯を伝えていると知らなくてはならない）」。

そこで、「浄命食《じやうみやうじき》を受くべし、不浄食《ふじやうじき》を受くべからず（けがれのない食は受けてよいが、けがれのある食は受けてはならない）」。

では、「浄命食」「不浄食」とはどういうものかというと、前者は「如法《にょほう》の托鉢、善心の供養等（托鉢の作法にかなった、心がけの正しい供養のための食など）」であり、後者は「多分の蓄積、貴人に諂《へつら》ひて美味を求む等（過ぎた蓄えや、身分の高い人におもねって得たおいしい食など）」とあります。

以上の引用だけでも、良寛が「食べる」ということをどのように考えたのか、托鉢という行為にいかなる精神で臨んでいたのか、その理解はいくぶん深められるのではないでしょうか。

次に自活とは、自分の生活はすべて自分自身で支えていかなければならないということです。飲む水も囲炉裏にくべる薪も己《おのれ》の力で確保し、「菜《さい》ごしらへ、お汁のしたてやう、すべて食ひもののこと」も自ら用意せねばなりません。次の歌がそれをよく分からせてくれます。

水や汲まむ　薪《たきぎ》や伐《こ》らむ　菜《な》や摘まむ　朝の時雨《しぐれ》の降らぬいとまに

さらに無所有とは、衣食を人の施しに頼るだけでなく、家は空いている庵を借りて住む、書物も人に借りて読むという暮らしです。彼の書簡には読みたい本を貸してほしいと友人諸氏に願う手紙、貸してもらった御礼の手紙がいくつもあります。また、筆一本でさえ借りねばならなかったことを示す、少々コミカルな次のような歌もあります。

水茎《みづぐき》の筆持たぬ身ぞつらき　昨日は寺へ今日は医者殿
筆持たぬ身はあはれなり　杖つきて今朝《けさ》もみ寺の門《かど》叩きけり

四十代、五十代、六十代の良寛を最も特徴づけるもの、それは彼が村里に近い山の中で一人わび住まいを通したということです。一人住まいのせつなさから私たちの心を打つ数々の歌も生まれました。

山里のあはれを誰《たれ》に語らまし　稀《まれ》にも人の来ても訪《と》はぬに
柴の戸の冬の夕べの淋しさを浮き世の人のいかでか知るべき

「久しう病《やま》うに臥して」（「病う」は「病ひ」に同じ）と詞書のある次のような歌もあります。

埋《うづ》み火に足さしくべて臥せれども今度《こたび》の寒さ腹に通りぬ

二百七十通ある良寛の書簡を読むと、彼が一人暮らしの中で風邪を引いたりお腹を壊したり、しばしば体調を崩していることが分かります。看病する者が側にいない病は身にも心にもこたえたことでしょう。

貞心尼の『はちすの露』には「故里《ふるさと》に帰り給ふといへども、さらに住む所を定めず、ここかしこともの し給ひしが、後《のち》は国上《くがみ》の山にのぼり」とありましたが、具体的には、良寛は越後での暮らしを、生家のある出雲崎から北に十五キロほど離れた郷本《ごうもと》という海岸にあった漁師の塩焚き小屋に住むことから始めたのでした。数ケ所転々とするうちに真言宗国《こく》上寺《じょうじ》の五合庵を借りて住むことが許されました。

良寛は、生きるに必要なもの以上は求めず、施された食べ物も余るときは乞食・鳥獣に分かち与えるような清貧な僧であったために、その徳を村人が次第に慕うようになった（橘崑崙《こんろん》著『北越奇談』巻六による）というのは、確かにそういうことがあったのでありましょうが、村にひょっこり現れた乞食僧《こつじきそう》を村人の誰もが初めから温《あたた》かく迎えたとはとても思えません。多くの村人にとって、うらぶれた乞食僧《こつじきそう》はすなわち乞食《こじき》坊主でしかなかったのではないでしょうか。

5

良寛という人について想像を巡らしていて、やはりこの人は「えらい人」であったなあと思うことがあります。その一つが、周りの人から重んじられなくても、いやそれどころか、軽んじられることがあってもよく堪えられる人であった、さらに言えば、無頓着でさえあることができた人であったと思われることです。

何らかの点で自分という存在が人に認められること、評価されることを人間は誰しも求めているように思います。認められないとき、大概の人の心は波立ち、なにがしか苛立ちを覚える。一般に評価の対象となる財や地位がなくても、「あの方は立派な人だ」と思われれば、心は落ち着き静まることもできるでしょう。しかし、二十年近い修行の跡など目に見えるものでもなく、ただの物もらいの坊主だと思われてしまうとしたら、普通、心穏やかでいられるものでしょうか。悔しい思いが胸の内に湧き上がらないものでしょうか。良寛が普通の人の情を超えることができたのは、長年にわたる禅の修行があったからだろうと当然考えられますが、私は特に良寛が次の歌を詠んでいることに注目したいと思います。

僧はただ万事《ばんじ》はいらず常《じやう》不《ふ》軽《きやう》菩薩の行《ぎやう》ぞ殊勝なりける
（僧の身にすべての修行が必要なわけではない。ただ常不軽菩薩の行いこそ殊の外すばらしいことだ）

「常不軽菩薩の行」こそ自らが目指すべき僧の理想のあり方だと言っているのです。良寛が法華経を讃仰した「法華讃」の一つにも次のものがあります。

朝行礼拝暮礼拝　　朝《あした》に礼拝を行《ぎやう》じ　暮れにも礼拝
但行礼拝送此身　　但《た》だ礼拝を行じて此《こ》の身を送る

南無帰命常不軽　　南無帰命《なむきみやう》　常不軽
天上天下唯一人　　天上天下《てんじやうてんげ》唯《た》だ一人《いちにん》
（朝に礼拝を行い、暮れにも礼拝を行い、
ただ礼拝だけを行《ぎよう》じて生涯を送ったという常不軽菩薩。
私は常不軽菩薩にひたすら帰依する。
天上天下にたった一人のお方である）

「常不軽」とは「常に他人を軽蔑しない者」の意です。その常不軽菩薩は「ただ礼拝だけを行《ぎよう》じて生涯を送った」というのですが、常不軽菩薩がどのような菩薩であったのかを知るために、以下に『法華経』第二十「常不軽菩薩品《ほん》」の一節を引くことにします（正木晃氏の『現代日本語訳　法華経』〔春秋社〕の訳を後に付します）。

是《こ》の比丘《びく》、凡《およ》そ見る所有る、若《も》しは比丘《びく》、比丘尼《びくに》、優婆塞《うばそく》、優婆夷《うばい》を皆悉《ことごと》く礼拝《らいはい》讃歎《さんだん》して、是《こ》の言《こと》ばを作《な》さく、「我深く汝等《なんだち》を敬ふ。敢《あ》へて軽慢《きやうまん》せず。所以《ゆゑ》は何《いか》ん。汝等《なんだち》皆菩薩の道を行《ぎやう》じて、当《まさ》に作仏《さぶつ》することを得《う》べし」と。而《しか》も是《こ》の比丘《びく》、専《もつぱ》らに経典《きやうでん》を読誦《どくじゆ》せずして、但《ただ》礼拝を行《ぎやう》ず。乃至《ないし》遠く四衆《ししゆ》を見ても、亦復故《またまたことさら》に往《ゆ》きて礼拝讃歎して、是《こ》の言《こと》ばを作《な》さく、「我敢《あ》へて汝等《なんだち》を軽《かろ》しめず。汝等《なんだち》皆、当《まさ》に作仏《さぶつ》すべきが故《ゆゑ》に」と。

（この出家僧は、出会った人が、出家僧であろうと、尼僧であろうと、男女の在家修行者であろうと、だれかれおかまいなしに、みな礼拝し、ほめたたえて、こう言うのでした、「わたしは、あなたがたを深く尊敬します。絶対に軽蔑しません。なぜかといいますと、あなたがたはみな大乗仏教の菩薩の道を実践して、将来は必ずや悟りを開き、仏になられるからです」と。しかも、この出家僧は、まったく経典を読まず、ただひたすら他人を礼拝するのでした。また、遠くから仏教の信者を見つけると、わざわざ近寄ってきて、礼拝し、ほめたたえて、「わたしは、あなたがたを深く尊敬します。絶対に軽蔑しません。なぜかといいますと、あなたがたはみな大乗仏教の菩薩の道を実践して、将来きっと悟りを開き、仏になられるからです」というのでした。）

このように誰をも礼拝した結果、「是の比丘（常不軽菩薩）」はどうなったかというと、かえって皆から怒りを買い、嘲笑され侮辱され罵倒さえされました。それでも「是の比丘」

は「あなたがたは、将来きっと悟りを開き、仏になられます」と言い続けたのでした。
ご存じの方も多いと思いますが、この常不軽菩薩こそ、熱烈な法華経信者であった宮澤賢治の「雨ニモマケズ」の「デクノボー」のモデルと言われる菩薩です。「雨ニモマケズ」の最後は次のように終わっています。

ヒデリノトキハナミダヲナガシ
サムサノトキハオロオロアルキ
ミンナニデクノボートヨバレ
ホメラレモセズ
クニモサレズ
サウイフモノニ
ワタシハナリタイ

良寛もまた生涯「デクノボー」でいいと覚悟した人物であったのだと思います。それにしても、右の七行が乞食僧良寛の姿にあまりにぴったり重なることに私は何とも不思議な思いがします。

良寛がいかなる人をも「当《まさ》に作仏《さぶつ》すべき」人としてやさしく慈愛の目で見ていたであろうことは、良寛の「戒語」にも見て取ることができます（良寛は自らを戒める言葉として、また身近な人に自分を戒めるようにと、多くの「戒語」を残しています）。使い走りの者や家の使用人に対して無慈悲で酷薄な態度を取る人を間近に見ると、憤りさえ覚える人であったろうと推察されるのは、次のような戒めの言葉です。

いやしき人をかろしめること（「いやしき人」は身分の低い人）

おろかなる人をあなどること

しもべをつかふにことばのあらき（「しもべ」は召使い）

「きのどくなもの」として、

使《つかひ》の人のことばをおとす（「おとす」は侮る・劣った扱いをすること）

また「つつしむべきこと」として、

かたゐになさけなくものいふ事（「かたゐ」は乞食）

があります。そして、良寛の心のやさしさが最もよく現れた戒語が、木村元右衛門《もとえもん》の娘に与えた戒語の中の次の一条でしょう。

上《うへ》をうやまひ、下《した》をあはれみ、生《しやう》あるもの、とりけだものにいたるまでなさけをかくべき事

良寛は道元の『正法眼蔵《しょうぼうげんぞう》』菩提薩埵四摂法《ぼだいさつたししょうぼう》の「愛語」を座右の銘としていました。そこには「徳アルハホムベシ、徳ナキハアハレムベシ」の有名な一句があります。

良寛は「デクノボー」であることを覚悟した人であったと右に述べましたが、「デクノボー」、すなわち「この世で役立たずの人間」というのは、彼の自己認識の底に常に深くあったように思われます。

詩文をよくし、弟の文台《ぶんたい》とともに良寛と親しかった鈴木隆造に宛てて、良寛は七言絶句の漢詩を贈っています。その最初の二行だけを引用しますと、

無能生涯無所作　　無能の生涯　作《な》す所無く

国上山巓托此身　　国上《くがみ》の山巓《さんてん》に此《こ》の身を托す

これは、良寛の漢詩を高く評価してその出版までも考えた隆造に対して、「いやいや、私は国上山に身を置いて、生涯これといって為す所もなく、ただ生きてきた役立たずでしかありませんよ」と謙遜したものと見ることもできます。しかし、これは自己卑下などではないのではないか。良寛は自分の人生を振り返って、本気で「無能の生涯　作《な》す所無し」と見ていたのではないかと私には思われます。

裏付けるために、「東風　時雨《じう》を吹き」に始まる漢詩をまず見てみましょう。のどかな春の日、良寛はぶらりと托鉢に出かけ、田畑で働く人を見ながら自問します。

牽牛何処老　　牛を牽《ひ》くは何処《いづこ》の老《らう》ぞ
荷鋤誰家児　　鋤《すき》を荷《にな》ふは誰《た》が家《いへ》の児《じ》ぞ
四序不暫止　　四序《しじょ》暫くも止まらず
人生各有為　　人生　各《おのおの》為《な》す有り
嗟我胡為者　　嗟《ああ》我胡《なに》為《す》る者ぞ

（牛を引くのはどこの老人か
鋤をかついで行くのはどこの家の少年か
四季の運行は少しも止まらず移ってゆき
人はめいめいの仕事に励んでいる。
ああこの私はいったい何をしているのだろう）

誰もがこの世の中で何らかの役割を果たしているというのに、この自分はいったい何をしているというのかと、僧としてこの世にある自分に根本的な疑問を投げかけています。

次のような歌もあります。

あしひきの山田の案山子《かかし》　汝《なれ》さへも穂《ほ》拾ふ鳥を守《も》るてふものを
（山あいの田のかかしよ、おまえでさえも穂をついばむ鳥から稲を守っているというのに〔この私は…〕）。「あしひきの」は「山」の枕詞）

また、次の歌もあります。

何ゆゑに家を出《い》でしと折《をり》ふしは心に恥ぢよ　墨染の袖

この歌は、何のために俗世の縁を断ち切ることまでして「墨染の袖」の身となったのか、よく反省し、出家僧として怠ることなく修行に励めと言っていると読むこともできます。しかし、入矢義高氏は「法を求め道を学ぶことそのことへの羞恥」を表している歌だと言っています（『良寛詩集』〔東洋文庫〕の「解説」）。そうだとすると、この歌は、どうしてこんな役立たずの「墨染の袖」の身となったのか、時には心から恥じる心を持てと言っている歌ということになります。

良寛の自己の存在への疑義、自己否定の心ははなはだ激しかったと見なくてはなりませんが、自己を否定するような言葉を使いながら、良寛はその一方でまったく逆に、開き直ったかのごとく「役立たずの自分」をまるごと肯定することをしました。次の漢詩を見てみましょう。

自従一出家　一《ひと》たび出家して自従《よ》り
任運消日子　任運　日子《につし》を消《せう》す
昨日住青山　昨日《さくじつ》は青山に住《ぢゆう》し
今朝遊城市　今朝《こんてう》は城市《じやうし》に遊ぶ
衲衣百餘結　衲衣《なふい》　百餘結《ひやくよけつ》
一鉢知幾載　一鉢《いつぱつ》　知んぬ幾載《いくとせ》ぞ
倚錫吟清夜　錫《しやく》に倚《よ》りて清夜を吟《ぎん》じ
鋪蓆日裡睡　蓆《むしろ》を鋪《し》いて日裡《にちり》に睡《ねむ》る
誰道不入数　誰《たれ》か道《い》ふ　数《かず》に入らずと
伊余身即是　伊《こ》れ余《よ》が身即ち是《こ》れなり

（ひとたび出家してからというもの
成り行くままに日々を過ごしている
昨日は山に住まい
今日は町をめぐり歩く
僧衣は継《つ》ぎ接《は》ぎだらけ

鉢の子は何年使っていることやら
錫杖に寄り掛かって月の美しい夜は詩を吟じ
昼は蓆を敷いて日向ぼっこしながら眠る
人の数にも入らぬやつだと人は言うが
これこそが私というものなのです）

この漢詩は、この世で一人前の人間として数えられないような私であるが、乞食僧《こつじきそう》としてこの世に身を置き、移りゆく自然に抱かれて、その恵みを享受し、私は私らしく生きていると宣言しています。繰り返し自己を否定して止まない良寛も、真実の良寛の姿であったと思いますが、越後の自然の中で乞食僧として、時には詩人として生きる自分をまるごと肯定する、このような良寛もまた、いかにも良寛らしい姿であったのだと思われます。

6

国仙和尚が良寛に与えた印可の偈に「騰騰任運」という言葉がありました。右の漢詩にも「任運消日子」という表現があります。後で「騰騰任天真」という句のある漢詩を取り上げますが、「任運」も「任天真」も字義は「成り行くままに」「自然のままに」という意味のようです。しかし、字義をいくら調べても何が分かるというわけでもありません。次の歌や書簡から推測されることを述べておきたいと思います。

良寛という人は、次の歌に詠まれたような覚悟で日々を生きていたのではないでしょうか。

たまきはる命死なねばこの園《その》の花咲く春に逢《あ》ひにけらしも

＊たまきはる…「命」の枕詞。

さらに、良寛が日々どういう覚悟で生きていたかをよく分からせてくれるのは、有名な次の書簡です。千六百人余りの死者を出したという文政十一年（一八二八）の越後三条大地震の後に、友人山田杜皐《とこう》に宛てたものです。

地《ち》しんは信《まこと》に大変に候《さうらふ》。野僧《やそう》草庵ハ何事なく、親るい中《ぢゆう》、死人もなく、めで度存《たくぞんじ》候《さうらふ》。（中略）しかし、災難に逢《あふ》時節には、災難に逢《あふ》がよく候《さうらふ》。死ぬ時節には、死ぬがよく候《さうらふ》。是《これ》ハこれ災難をのがるる妙法《めうはふ》にて候《さうらふ》。かしこ。

*野僧…私《わたくし》（「野僧」は僧が自分を謙遜して言う語）。

これはただ運命に身を任せるという徹底して受動的なあり方のようで、その時その時目の前に立ち現れたものに、全身全霊で向かい合うという生き方ではないでしょうか。今日も死なずに生きていて美しい花を見ることができたなら、喜びの讃歌を歌い、はたまたわが身を滅ぼす災難に遭遇したときにはその非運に従う他はない。それが良寛の言う「任運」ということではないかと私には思われます。

良寛という人は、ある観点からするとこう見え、別の観点から見ればああも見えるというふうで、つくづく容易には捉えがたい人物だと思えます。良寛が使う言葉一つを見ても、どういう意味の言葉だと捉えるのが正しいのか迷わせられることがあります。

唐木順三氏はその著『良寛』（「日本詩人選20」筑摩書房）で、良寛の詩「永平録を読む」を取り上げ、「円通寺においてのきびしかつた修行時代を思ひ、いま五合庵にあつての疎《そ》懶《らん》の生活を思つて、涙を流してゐる。峻厳《しゆんげん》な先師道元古仏を思つて、畏敬の念をあらたにするとともに、己が現在の懶惰《らんだ》のほどを思つて悔恨の涙を流してゐる」と述べておられます。この説明自体には何の問題もないのですが、良寛がよく使う「疎懶《そらん》」「疎慵《そよう》」という言葉をいつも「懶惰《らんだ》」すなわち自堕落なだらしなさ（それは後悔すべきもの）の意で取っていいかと言いますと、決してそうではないように思います。

「幽棲《ゆうせい》の地を占めて従《よ》り」に始まる詩は、次のように終わっています。

還来殊疎慵　還《かへ》り来《きた》れば 殊《こと》に疎慵《そよう》

坐臥任屈伸　坐臥《ざが》して屈伸に任《まか》す

行脚の旅から故郷に帰って以来、自分は殊の外「疎慵」、すなわち怠惰・ものぐさになったというのですが、ここには自堕落な自分を反省している気配は少しもありません。むしろ伸びやかで自由な、思いのままの境地を表しているように思えるのです。

良寛の禅の師国仙和尚の肖像画が残っていて、それに国仙自讃が添えられています。そこには「寒山の懶惰」「拾得の疎慵」という言葉があり、それは、かの非僧非俗であった寒山拾得《かんざんじつとく》の名利を求めない無欲な境地を表す言葉だと解釈されています。「懶惰」も「疎慵」も世俗の名利を求めることにものぐさの意となれば、意味はまったく逆転してしまいます。良寛の使う言葉の理解においても、いつもそういう難しさがあるように思われます。

自己否定の果てに自己肯定の境地が開けたのか、それとも自己肯定の中にも自己否定の思いは止むことがなかったのか、良寛の内面のあり方についてはどこまでも計りがたいところがありますが、およそ四十歳から七十歳近くまで、山あいに借りた粗末な庵に住み、衣食は村人の喜捨に頼り、一人で生きることを貫いた良寛の生活は、孤独でさびしく暗いものであったかというと、決してそうではありませんでした。それどころか、良寛の日々の暮らしは、村の人々との関わり方においても、周りの自然との接し方においても、溢れんばかりの情愛に包まれたものでした。

初めに述べた「手まり上人」良寛を見てみることにしましょう。良寛は子どもとの交流を長歌で次のように歌っています。

冬ごもり　春さり来れば　飯乞《いひ》ふと　草のいほりを　立ち出《い》でて　里にいゆけば
里子ども　いまは春べと　うちむれて　道のちまたに　手まりつく　我も交じり

ぬ　その中に　我も交じりぬ　その中に　一二三四五六七《ひふみよいむな》　汝《な》がつけば　吾《あ》はうたひ　吾《あ》がつけば　汝《な》はうたひ　つきて歌ひて　霞立つ　永き春日《はるひ》を　暮らしつるかも

この歌を読んでこちらまで心が浮き立つ楽しさを覚えるのは、何といっても「汝《な》がつけば　吾《あ》はうたひ　吾《あ》がつけば　汝《な》はうたひ　つきて歌ひて」という表現です。私はジャズについてかの渡辺貞夫が語っていた言葉を思い出しました。「スウィングしなくてはいけない。生きていなくてはならない。うまい演奏ではいけない。上手にやろうというのではいけない。裸にならなきゃいけない。大きくおおらかでなきゃいけない。『ごきげんだな』でなくちゃいけない」（名言だと思い、手帳にメモしていたものを今引っ張り出しました）。たまたま道で出会った子どもたちと毬突《まりつ》きに興じる良寛。ここには、遊びに夢中な子どもたちと「スウィング」し、即興の中での伸びやかな自由を楽しむ「ごきげんな」良寛がいます。

7

良寛は子どもたちと無心に遊び、そこに自己を解き放つ喜びを覚えることもできた人でありましたが、友人たちとの交流も多くありました。ここには、良寛が四十八通もの手紙を残した阿部定珍《さだよし》との交流だけを取り上げることとします。阿部定珍は良寛が暮らした国《く》上山《がみやま》に近い渡部《わたべ》という所の庄屋でした。歳《とし》は良寛よりも二十一も下ですが、和歌をよくし、良寛との間に歌のやりとりも数多くなされました。その中からいくつかをご紹介しようと思います。

阿部定珍は酒造業を営み、通称を酒造右衛門《みきえもん》といった人ですから、良寛の好きな酒を持って庵をよく訪ねたようです（酒の肴も忘れずに）。次の二首の歌は、帰り際に定珍が詠み、それに良寛が応じたものです。

うま酒に肴《さかな》しあれば明日もまた君がいほりに訪ねてぞ来《こ》む

うま酒に肴持て来よ　いつもいつも草のいほりに宿は貸さまし

明日もうまい酒と肴を持ってくるがいい、そうしたら、宿はいつでも貸してあげるよという言い草は、よほど二人が心を許しあった仲であったということでしょう。

良寛の住む山あいの庵は冬になると雪も降り積もって、訪ねてくる人もめったにない状態になったようです。そんな中も定珍は訪ねていっています。次の二首も、まず定珍が詠み、それに良寛が応えた歌です。

山水の音さへ寒きこの庵《いほ》に冬ごもります老《おい》の君はも
深山《みやま》びに冬ごもりする老の身を誰《たれ》か訪《と》はまし君ならなくに
*誰か訪はまし　君ならなくに…誰が訪ねてくれようか、あなたでなくて。

老いゆく良寛を思いやる定珍。定珍を頼みに思う良寛。深く確かな心の通い合いが感じ取れます。
定珍にとって良寛とともにあることは、とても心地よい時間であったことを示す次のような歌もあります。

いつとてもしひてみあへはなけれども立つことかたきこの庵かな
*みあへ…御饗。飲食のおもてなし。*かたき（難き）…難しい。

右の歌に良寛もにっこり微笑んだに違いありません。次の定珍の歌にも。

鶯《うぐひす》の初音《はつね》は今日と我が言へば君は昨日《きのふ》と言ふがくやしき

良寛の心のやさしさを表す歌は何といっても次の歌です。定珍の帰り道を気遣うとともに、定珍を少しでも長く引き留めておきたい良寛の気持ちが柔らかく細やかに表現されています。

月《つく》よみの光を待ちて帰りませ　山路《やまぢ》は栗の毬《いが》の落つれば

*月よみ…月の神。月。

8

良寛は国上山の中腹また麓《ふもと》をおよそ三十年、住まいの場としましたが、六十九歳にもなって、「齢《よはひ》たけ給ひてかかる山陰にただ一人ものし給うこと」がおぼつかなくなると、「島崎の里なる木村何がしといふ者（木村元右衛門）」の世話を受け、七十四歳の終焉のときまで足かけ六年を、国上山と生地出雲崎の中ほどにある島崎で過ごしました。その最晩年の良寛の前に現れたのが貞心尼《ていしんに》です。

貞心尼は長岡藩士の娘で、十七、八歳の頃、医師と結婚するも、五年にして離婚。実家に帰った後、得度《とくど》を受けて尼僧となったという人です。良寛と貞心尼が初めて会ったのは、良寛七十歳、貞心尼三十歳の時だったと言います。良寛について語ろうとする者は、貞心尼に触れずには済まされません。なぜなら、貞心尼がたいそう美しい女性であったということ、そしてその美しき尼が良寛との相聞歌とも思える歌集を残したからです。

私もこの「相聞歌」を収める『はちすの露』を詳しく論じてみたいとも思いましたが、ここでは、「恋学問妨」と題の付いた貞心尼の遺墨を取り上げることにします。これは貞心尼と良寛との贈答歌です。

いかにせむ 学びの道も恋草《こひくさ》の茂りて今はふみ見るも憂《う》し
いかにせん 牛に汗《あせ》すと思ひしも恋の重荷《おもに》をいまは積みけり

「恋学問妨」は「恋ハ学問ノ妨ゲ」と読むようですが、この題は二人の歌が詠まれた後に貞心尼によって付けられたものなのか、それとも「恋学問妨」という題で歌を詠んでみましょうということで二首の歌は詠まれたのか、つまり題詠歌なのか。おそらく後者なのでしょう。そこで、一応はお遊びで詠まれたということで、解釈してみましょう。

「いかにせむ（いかにせん）」は「どうしたらよいのでしょう」と困惑の気持ちを表す言葉です。二人ともまず困惑を表明しているわけです。初めの貞心尼の歌の「ふみ」は「踏み」と「文（書）」の掛詞で、「恋草の茂りて」、「学びの道」を「踏み」ゆくのも、「文（書）」すなわち書物を見るのも「憂し（いやになる）」と言っている歌ということになります。

一方、良寛の歌は「汗牛充棟（牛が汗をかくほどの重さ、棟《むね》にまでとどくほどの量の意から、蔵書の多いこと）」という語をもとに詠んだ歌です。「牛に汗す」ほどの万巻の書を読んで学問するつもりであったが、今は「恋の重荷」を積むことになってしまった。そして二人ともに「これは困ったものですね」と言っているのです。

こんなお遊びは、心を許し合った恋仲の二人でなければできないことではないでしょうか。遊びのようで、「恋とは困った厄介なものですね」と互いに見つめ合っている二人が想像されもします。

二十数キロも離れた所にいた貞心尼に向かって、「あづさ弓春になりなば草の庵《いほ》をとく

出《で》て来《き》ませ　逢ひたきものを」の歌を送った良寛です。確かに貞心尼にとって良寛は法《のり》の道の師であり、良寛にとって貞心尼は法弟であったでしょうが、「君にかくあひ見ることの嬉しさもまだ覚めやらぬ夢かとぞ思ふ」と歌った、若く美しき異性を思って沸き立つ感情がなかったとは思われません。ときにあるがままを肯定した良寛ですから、老い枯れた晩年のわが心に女をいとおしく思う感情がいまだ脈打っていることをよく知り、それをあえて抑えたり隠そうとしたりはしなかったように思われます。

恋歌のようで（貞心尼に贈った歌のようで）、実はそうではない歌が良寛には数多くあることを付け加えておきます。ここでは次の二首だけを見ておきましょう。

草の庵《いほ》に立ちても居《ゐ》てもすべのなき　このごろ君が見えぬと思へば

さすたけの君と相見《あひ》て語らへばこの世に何か思ひ残さむ

＊さすたけの…「君」の枕詞。

右の歌に歌われた「君」が貞心尼にであっても少しも構わないように思われます。次の二首を見ると、なおさらそう思えるのではないでしょうか。

君や忘る　道や隠るる　このごろは待てど暮らせど音づれのなき

＊君や忘る　道や隠るる…あなたは私のことを忘れたのか、草のために道が隠れてしまったのか。

いついつと待ちにし人は来たりけり　今は相見て何か思はむ

右の歌の「君」「人」は貞心尼です。しかし、その前の二首の「君」は良寛の弟山本由《ゆう》之《し》なのです。これはどう考えたらいいのでしょうか。良寛は肉親を（特に弟を）恋人をいとおしく思うように思いやったと考えるのか、それとも、良寛の貞心尼への愛情は、男女の執着心を超えるもっとオープンなものだったというのか。私に特に明確な結論はありません。恋歌と思って読んでいると実はそうではないという経験を何度もしましたので、以上申し添えた次第です。

人を思う歌とともに、自然を思いやる歌においても良寛の本領は発揮されました。良寛は木村元右衛門の世話を受けるまでは、里山と言うべき国上山（高さ三一三メートル）の庵に住み、天気のいい日には山を下りて托鉢に村々を巡り歩くという生活でありましたから、まさに越後の自然の中で四季の移ろいを肌で感じ取りながら日々を過ごしたのでした。次の長歌がそれをよく表しています。

あしびきの[1] 国上《くがみ》の山の 山もとに 庵《いほり》をしつつ 朝夕《あさゆふ》に 岩の懸け道 踏み分けて い行《ゆ》き帰らひ 山見れば 山も見《み》が欲《ほ》し[2] 里見れば 里も賑はし 春されば[3] 椿花《つばきはな》咲き 秋べには 野べに妻問《つまど》ふ[4] 小牡鹿《さをしか》の 声をともしみ[5] あらたまの[6] 年《とし》の十年《ととせ》は 過ぎにけるかも

---

1 あしびきの 「山」の枕詞
2 見が欲し 見たい（ほど美しい）
3 春されば 春になると
4 妻問ふ 牡《おす》が牝《めす》を求める
5 声をともしみ 声に心ひかれ
6 あらたまの 「年」の枕詞

「国上の里」こそ安住の地であったことを良寛は次のように詠んでいます。

いづこにも替《か》へ国すれど我がこころ国上《くがみ》の里にまさるとこなし

安住の地も、冬は深い雪に閉じこめられ寒風にも苛まれる厳しい土地でありましたが、それだけに春の訪れは全身で喜び迎えられました。心浮き立つ春の歌がいくつもあります。

飯乞《いひこ》ふとわが来《こ》しかども春の野に菫《すみれ》摘みつつ時を経《へ》にけり

むらぎもの心楽しも　春の日に鳥の群れつつ遊ぶを見れば

*むらぎもの…「心」の枕詞。

草の庵《いほ》に足さしのべて小山田《をやまだ》のかはづの声を聞かくしよしも

*聞かくしよしも…聞くのは楽しいことよ。

良寛という人は慈愛の目をもって人を見、慈愛の心をもって人に接した人だと思いますが、それは人にだけ向けられたものではなかったのです。良寛は自然の中で生きる生きものたち、草花や木々や鹿や虫たちを、あわれみいとおしみました。そして、それを柔らかに細やかに表現しました。短歌と長歌を一つずつ挙げておくこととします。

秋風の夜ごとに寒くなるなべに枯れ野に残る鈴虫の声

＊なるなべに…なるにつれて。

岩室《いはむろ》の一つ松を詠める

岩室の　田中に立てる　一つ松の木　けさ見れば　時雨《しぐれ》の雨に　濡れつつ立てり

一つ松　人にありせば　笠貸さましを　蓑《みの》着せましを　一つ松あはれ

9

最後にどうしても良寛が「人事を懶《ものう》しとし」たことについて述べなければなりません。良寛の最も有名な漢詩（『別冊太陽　良寛』の表紙にも掲げられています）の最初の二行は次の通りです。そこでも「懶し」がキーワードです。

生涯慵立身　　生涯身を立つるに懶《ものう》く

騰騰任天真　　騰騰として天真に任《まか》す

「仰げば尊し」という歌に「身を立て名を上げ、やよ励めよ」という歌詞がありますが、良寛という人は「身を立て名を上げ」ようと決してしなかった人でありました。いや、「身を立て家を興《おこ》す」というようなことに自分の力を傾ける気にはどうしてもなれない人であったのです（この「力を傾ける気になれない」というのが「懶し（もの憂し）」です）。良寛は名主の長男として生まれたのですから、彼もまた父の跡を継いで名主となるのが「身を立つる」道でしたが、十八歳のときにその道を自ら投げ捨てました。名主の道を擲《なげう》っただけではありません。「身を立つるに懶し」とする良寛の生き方は徹底していました。彼は僧侶としても「身を立つる」道を歩まなかったのです。つまり、寺の住職となり、僧侶の世界で一つの地位を占めることもしなかったのです。

あの曹洞禅の厳しい修行に十年余り堪えられた人です。やろうと思えば何でもできた人であったでしょう。しかし、人がこの世で生きていくためには大なり小なりするであろう「小才を利かせて怜悧《れいり》に立ち回る」ということが彼は絶対にできなかった。そんなことはどうしてもする気になれなかった。西郡久吾『沙門良寛全伝』中の言葉で言うと、「俗務を処理して齷齪《あくせく》たること能はず」という人であったのです。ここが良寛という人の最もおもしろいところだと私は思いますが、この人はしたくないことは絶対にしない人だったのです。

「幽棲の地を占めて従《よ》り」に始まる詩でも「偏《ひと》へに喜ぶ　人事の少《まれ》なるを」の一行があります。彼が乞食僧《こつじきそう》として一人わび住まいをすることをなぜ選んだか、それはひとえに「人事」すなわち雑務が少ない生活であったからと言えましょう。良寛は大関文仲宛ての書簡においても、自分の性格を「世の中の是非得失の事うるさく存じ、物にかかはらぬ性格」と記しています。

私は良寛の歌の中で特に次の歌に心ひかれます。それは、行灯《あんどん》の前で本を開いている良寛と思われる人物の画像に添えられている歌です。絵は良寛の友人の山田杜皐《とこう》が描いたと考えられています。

世の中にまじらぬとにはあらねどもひとり遊びぞわれはまされる

杜皐の祖父と良寛の祖父は兄弟で、杜皐は友人というだけでなく身内の間柄でもありましたから、良寛に気軽に尋ねたのでしょう、「あなたはどうして世の坊さんと同じように住持にならうともなさらないのか」と。それに良寛は右の歌で答えます、「結局、自分は〝ひとり遊び〟が好きだったのだよ」と。

良寛は出家を決意したその日から、自己の本質に立ち返ったところで生きようと心に深く誓った人であったと思います。言い換えれば、自己の本質を見失わず、己《おの》が精神が自由に伸びやかに保持されることを求め続けた人だと思います。羞恥の人であった良寛は、世の束縛を嫌い、身も心も自由を求めてやまなかった自分の生涯にわたる行為を「ひとり遊び」という言葉で表したのではないでしょうか。

良寛について、その人物と歌の魅力を最初に教えてもらったのは、吉野秀雄『良寛』（筑摩叢書）です。そして、東郷豊治『良寛』（創元選書）からもとても大切なことを学びました。「良寛全集」は幾種類もあり、私もそのいくつかを買い込みましたが、今は何といっても『定本　良寛全集』（中央公論新社）全三冊があります。値段は一冊が一万円以上もする高価な本ですが、歌も漢詩も、それに書簡まで現代語訳が施され、解説も付いています（私もこれに随分と助けられました）。このように良寛に近づく道は十分に準備されています。各自それぞれの良寛像を作ってみられてはいかがでしょうか。

あとがき

本書は、渡辺京二先生・故石牟礼道子さんを中心とする「人間学研究会」の季刊誌『道標』の二〇一七年秋（第58号）から二〇一九年春（第64号）まで六回にわたって連載したものに、新書として読みやすくするために、いくぶんかの手直しをしてできたものです。

二〇一七年三月に予備校を退職して、四月から私と同年配の方を相手に古典の講義をすることになりましたが、「話す」だけでなく「書く」こともやっていこうと私は考えていました。試しに一つ原稿（本書の第一回分）を書いて、兄（元鳥取大学教授）に送ると、「これはおもしろい」と、思っていた以上のいい反応を返してくれました。これに励まされ、三回分ずつくらい『道標』に連載することにしました。

二度目の連載が『道標』に載った一週間後くらいであったでしょうか、渡辺先生からお便りをいただきました。そこには、古典をこのように解説・鑑賞した本は他にはないように思われること、この連載は長く続けて必ず一冊の本にするようにと書かれていました。渡辺先生とのお付き合いは三十年以上に及びます。一生に一度くらいは先生に褒めていただけるようなことが何かできないものかと内心密かに思っていましたが、これは夢がかなった瞬間でした。喜びとともに、これは大変なことになったなあという思いを強くしました。古典の中からさらにいい材料を精選し、的を射た表現で読者に伝えていくことができるよう努めねばならないと、改めて自らに言い聞かせました。

今こうして平凡社から本を出していただくことになって、平凡社と自分とを結び合わす何か縁《えにし》ともいうべきものがあったのだろうかと思ったりしています。平凡社というと、私にとってはまず「東洋文庫」で、『名ごりの夢』や『菅江真澄遊覧記』などが頭に浮かびますが、本書においても『良寛歌集』『良寛詩集』を使いました。それに『別冊太陽』の特集も。「参考文献」を書き並べながら、平凡社のあの本この本のお陰があって書くことができたことが多いのに自分でも驚いています。でありますから、今回本を出すに当たっては、これ以上望ましい出版社はなかったと言っていいでしょう。

原稿から本の形に仕上げる上で、水野良美さんと濱下かな子さんは、私の意見に耳を傾けながら実に丁寧に対応して下さいました。物事が気持ちよく進行するなんて、いつもどここでもあることではありません。それに、校閲部の方の徹底した仕事ぶりにも感服しました。私も予備校で模試の作成など、原稿チェックはうんざりするほどやってきましたが、自分はまだアマチュアであったと思い知らせて下さいました。

最後に、福岡県朝倉市美奈宜の杜とその周辺にお住まいの方々に感謝の言葉を述べておきたいと思います。古典講義をするように促して下さった村田さん、大橋さん、そして最初から講義をずっと聴いて下さっている坂井さんや宇都さんたち、途中から参加してこられた人たち、皆さんの支援があって「話す」ことも「書く」ことも続けることができ、こうして一冊の本の形にもすることができました。皆さん、ありがとうございました。

令和元年六月二十五日

著者識

参考文献

本書中に引用の古文は、原文を読みやすくするために表記を改変しているところが少なからずあります。その旨、ご了解下さい。

第一回

『宇治拾遺物語』新編日本古典文学全集50、小学館、一九九六年
平川祐弘『小泉八雲とカミガミの世界』文藝春秋社、一九八八年

第二回

『平家物語②』新編日本古典文学全集46、小学館、一九九四年
『平治物語』角川ソフィア文庫、二〇一六年
『将門記 陸奥話記 保元物語 平治物語』新編日本古典文学全集41、小学館、二〇〇二年

第三回

『枕草子 上・下』新潮日本古典集成、新潮社、一九七七年

第四回

『源氏物語 二』新潮日本古典集成、新潮社、一九七七年
玉上琢彌『源氏物語評釈 第二巻』角川書店、一九六五年
「源氏物語玉の小櫛」『本居宣長全集 第四巻』筑摩書房、一九六九年

第五回

「芭蕉翁頭陀物語」『建部綾足全集 第六巻』国書刊行会、一九八七年
『本朝水滸伝 紀行 三野日記 折々草』新日本古典文学大系79、岩波書店、一九九二年
『與謝蕪村集』新潮日本古典集成、新潮社、一九七九年
『十訓抄』新編日本古典文学全集51、小学館、一九九七年

第六回

『大鏡』新編日本古典文学全集34、小学館、一九九六年
『大鏡』新潮日本古典集成、新潮社、二〇一七年
『モンテーニュ随想録』国書刊行会、二〇一四年
『拾遺和歌集』新日本古典文学大系7、岩波書店、一九九〇年

第七回
『更級日記』新潮日本古典集成、新潮社、一九八〇年
『後拾遺和歌集』新日本古典文学大系8、岩波書店、一九九四年

第八回
『宝物集 閑居友 比良山古人霊託』新日本古典文学大系40、岩波書店、一九九三年
『方丈記 発心集』新潮日本古典集成、新潮社、一九七六年

第九回
『方丈記 発心集』新潮日本古典集成、新潮社、一九七六年
「西行」『小林秀雄全集 第七巻』新潮社、二〇〇一年
『枕草子 下』新潮日本古典集成、新潮社、一九七七年

第十回
『保元物語平治物語 北條九代記』有朋堂文庫、一九一三年
『保元物語』角川ソフィア文庫、二〇一五年
『平治物語』角川ソフィア文庫、二〇一六年
『将門記 陸奥話記 保元物語 平治物語』新編日本古典文学全集41、小学館、二〇〇二年

第十一回

『建礼門院右京大夫集』新潮日本古典集成、新潮社、一九七九年
『平家物語②』新編日本古典文学全集46、小学館、一九九四年

第十二回

『徒然草』新潮日本古典集成、新潮社、一九七七年
『徒然草』角川ソフィア文庫、二〇一五年
小川剛生『兼好法師』中公新書、二〇一七年
『徒然草全注釈 上巻・下巻』日本古典評釈全注釈叢書、角川書店、一九六八年

第十三回

『山家集』新潮日本古典集成、新潮社、一九八二年
『新古今和歌集』新日本古典文学大系11、岩波書店、一九九二年
『山家集・聞書集・残集』和歌文学大系21、明治書院、二〇〇三年
『西行全歌集』岩波文庫、二〇一三年
『中世和歌集』新編日本古典文学全集49、小学館、二〇〇〇年
目崎徳衛『西行』吉川弘文館、一九八〇年

『井蛙抄 雑談編』和泉書院、一九九六年
『平家物語①②』新編日本古典文学全集45・46、小学館、一九九四年
『古今著聞集』新潮日本古典集成、新潮社、一九八六年
『芭蕉文集』新潮日本古典集成、新潮社、一九七八年
『別冊太陽 西行』平凡社、二〇一〇年
『長秋詠藻・俊忠集』和歌文学大系22、明治書院、一九九九年

第十四回

『定本 良寛全集 第一巻～第三巻』中央公論新社、二〇〇六年・二〇〇七年
『良寛全集 上巻・下巻』東京創元社、一九五九年
『良寛全集』岩波書店、一九二九年
『菅江真澄全集 第十一巻』未來社、一九八〇年
『蓮の露』貞心尼筆〔復刻〕考古堂、一九九二年
解良栄重『良寛禅師奇話』野島出版、一九九五年
橘崑崙『北越奇談』野島出版、一九七八年
『現代語訳 北越奇談』野島出版、一九九九年
吉野秀雄『良寛』筑摩叢書、一九七五年
吉野秀雄『良寛』ちくま学芸文庫、一九九三年

『吉野秀雄全集 第四巻』筑摩書房、一九六九年
『吉野秀雄全集 第九巻』筑摩書房、一九七〇年
東郷豊治『良寛』東京創元新社、一九五七年
唐木順三『良寛』日本詩人選20、筑摩書房、一九七一年
『良寛歌集』東洋文庫556、平凡社、一九九二年
『良寛詩集』東洋文庫757、平凡社、二〇〇六年
『全釋 良寛詩集』創元社、一九六二年
今出川行雲『法華経をたずねて』探究社、二〇一五年
正木晃『現代日本語訳 法華経』春秋社、二〇一五年
紀野一義『良寛さまを旅する』清流出版、一九九九年
『別冊太陽 良寛』平凡社、二〇〇八年

【著者】
武田博幸（たけだ ひろゆき）
1952年熊本県生まれ。熊本大学法文学部文科（倫理学科）を卒業後、九州大学文学部大学院に進み、西洋哲学（ギリシャ哲学）を専攻するも、博士課程単位未取得退学。29歳で河合塾福岡校国語科講師となり、65歳まで勤める。受験生向け古文参考書（単語集・文法書・問題集・文学史・古典常識集など）を多数執筆。鞆森祥悟氏との共著『読んで見て覚える重要古文単語315』（桐原書店）は刊行から17年で300万部を超える。一般向けとしては本書が初の新書。現在、福岡県朝倉市に在住。

平 凡 社 新 書 9 2 0

古典つまみ読み 古文の中の自由人たち

発行日――2019年8月9日 初版第1刷

著者――武田博幸

発行者――下中美都

発行所――株式会社平凡社
東京都千代田区神田神保町3-29 〒101-0051
電話 東京（03）3230-6580［編集］
東京（03）3230-6573［営業］
振替 00180-0-29639

印刷・製本―株式会社東京印書館

装幀――菊地信義

ISBN978-4-582-85920-1
NDC 分類番号910.2 新書判（17.2cm） 総ページ288
平凡社ホームページ https://www.heibonsha.co.jp/